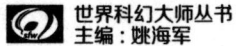
世界科幻大师丛书
主编：姚海军

太阳篡夺者

［日］野尻抱介 著

思 纓 译

四川科学技术出版社

TAIYOU NO SANDATSUSHA（太陽の簒奪者）

Copyright: © 2002 Housuke Nojiri

This Book is published by arrangement with Hayakawa Publishing Corporation

Simplified Chinese edition copyright:

2021 SCIENCE FICTION WORLD

All rights reserved.

图书在版编目（CIP）数据

太阳篡夺者 / ［日］野尻抱介 著；思 纒 译.
-- 成都：四川科学技术出版社，2021.3
（世界科幻大师丛书 / 姚海军 主编）
ISBN 978-7-5727-0079-8

Ⅰ.①太… Ⅱ.①野… ②思… Ⅲ.①幻想小说 – 日本 – 现代

Ⅳ.①I313.45

中国版本图书馆 CIP 数据核字（2021）第 039714 号

图进字 21-2021-49 号

世界科幻大师丛书

太阳篡夺者

出 品 人	程佳月	
丛书主编	姚海军	
著 者	［日］野尻抱介	
译 者	思 纒	
责任编辑	宋 齐 姚海军	
特约编辑	贾雨桐	
封面绘画	苏小五	
封面设计	李 鑫	
版面设计	李 鑫	
责任出版	欧晓春	
出 版	四川科学技术出版社	
	四川省成都市槐树街2号出版大厦　邮政编码:610012	
开 本	140mm×203mm	
印 张	9.5	
字 数	160千	
插 页	2	
印 刷	四川南方印务有限公司	
版 次	2021年4月成都第二版	
印 次	2021年4月成都第一次印刷	
定 价	46.00元	

ISBN 978-7-5727-0079-8

目录

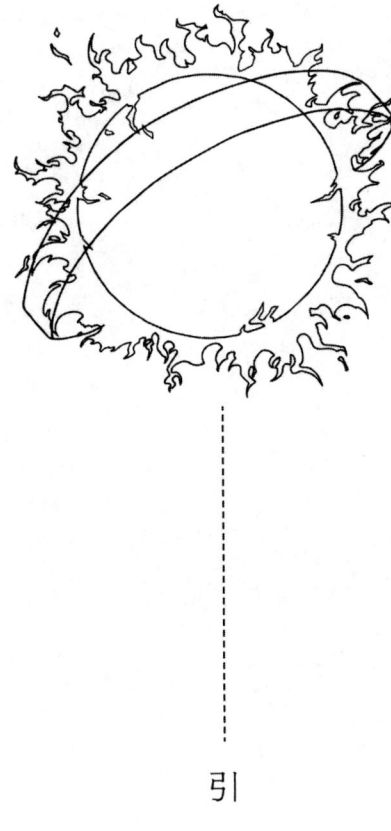

引

子

永乐二十二年,三月上巳①傍晚。

一个背着箩筐的农夫出现在宗元的茶房里。

农夫放下箩筐,取出一把荠菜,递给宗元。

每年的这一天,村里人都会采集荠菜。将荠菜阴干之后,置于灯火旁,有良好的驱蚊效果。

随后,农夫告诉宗元,参宿②中出现了新星。

宗元大惊,与农夫一道来到街上。

天空低垂,黄沙茫茫。西方的地平线上,残照如血。

参星位于南天正中的位置,异常醒目。

顺着农夫的指引望去,可以看见一颗不惹眼的、光芒黯淡的星星。

---

① 汉以前,农历三月上旬巳日为"上巳";魏晋以后,定三月三日为"上巳"。

② 即猎户座。

农夫反复强调,这颗星直到昨天都还没有出现。

宗元回到家中,拿出砚台和本子,在日期后面留下一条记录——客星出参宿——并简单绘制了示意图。

大约一刻①后,宗元来到院中,从西偏的参宿中再次找出了这颗新星。

它还在那里。

第二年,第三年,那颗新星一直都在。

不久之后,宗元视力下降,索性也不再观星了。

又过了十四年,当初告知宗元出现新星的农夫又来到茶房。

但他这次带来的消息是:新星消失了。

①古时一昼夜为一百刻,一刻相当于14.4分钟。

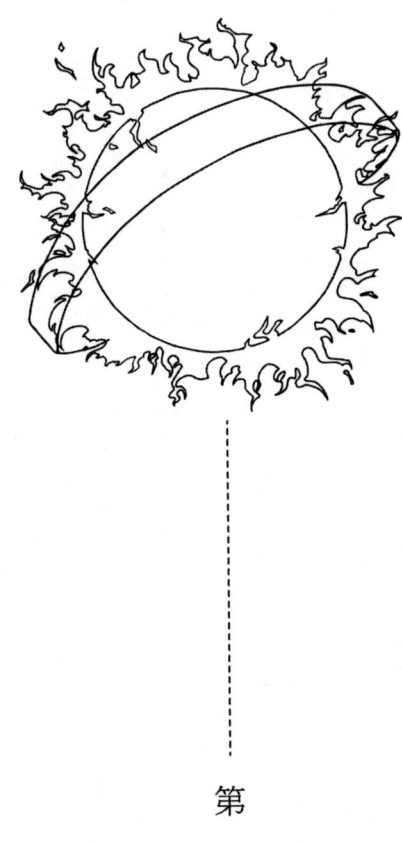

第一部　**太阳篡夺者**

1. 2006年11月9日

高中的天文俱乐部始终保持着每天观测太阳的传统，因为太阳是极少数白天能观测到的天体之一。这一天，太阳就要迎来一位特殊的客人——水星将从太阳和地球之间经过，即所谓"水星凌日"。

不过，不仅普通民众，就连行星学者也对水星活动兴致缺缺。那里连大气现象和火山活动都没有，到处都是陨石坑，近日点进动之谜①也早已在二十世纪初就被爱因斯坦破解了。

---

① 水星的近日点在其轨道平面上移动，每100年向前移动（天文学上称为进动）5601"左右，比根据牛顿定律推算出来的值偏高43"，这个值被称为水星近日点反常进动。1915年，爱因斯坦建立了广义相对论，揭开了水星近日点进动之谜，反过来，水星近日点进动又成为广义相对论最有力的三个天文学验证之一。

所以,这次水星凌日现象的主要观测者都是业余天文爱好者。他们奉行人海战术,利用互联网紧密联系起来。观测结束后,他们会把结果公布在网上,验证、讨论数据的精确度。

对于这场精确度之争,身为高二学生的白石亚纪斗志高昂。天文俱乐部预算匮乏,左等右等,学校都没有批准购入录像器材。不过,这次水星凌日应该通过肉眼就可以观察到。如果能取得一定的成果,说不定还能为来年争取到更多的预算。

位于教学楼楼顶的天文观测台的穹顶打开了一条细缝,露出冬季澄澈清冷的天空。

"帮帮忙。"亚纪招呼道。

"好。"几个低年级的男生应声说,然后同亚纪一同用力,将老朽得难以转动的穹顶彻底打开。在阳光的直射下,架设在古旧赤道仪上的反射式望远镜熠熠生辉。

亚纪朝目镜里瞅了一眼,立刻说道:"光轴不准,调过没?"

"抱歉,还没来得及调。"低年级男生忸怩道。

还来得及。亚纪拿出螺丝刀,调整了主镜的角度。反射式望远镜必须要一丝不苟地调整好光轴才可以使用。

将天体重新导入视野之内。

将滤光片罩在望远镜上调整焦距,视野之中,太阳的边缘微微起伏。

等了一会儿，太阳的一角开始变黑。

"开始了!"亚纪大喊道，"凌始外切。"

后辈们看着手机时钟记下时间，亚纪全神贯注地思考分析着，不放过脑海里任何一丝闪念。

太阳与水星外侧边缘的接触叫作凌始外切，这一时点并不容易准确地观测记录。

亚纪目不转睛地等待着凌始内切的到来。

太阳渐渐将菜籽大小的水星黑影吞入肚中。水星脱离太阳边缘的瞬间叫作凌始内切，这时会发生黑滴现象——水星的影子会状如滴落的泪滴。

当然，这只是一种错觉，并不意味着水星本身变形了。亚纪的脑中勾勒出两个圆弧相交的模样，等待着凌始内切的到来。

"咦?"

"学姐，发生什么事了?"听见亚纪发出异样的声音后，负责记录的低年级同学询问道。

"这是塔吗?"

水星里，耸立着一座塔。

那并不是黑滴现象。凌始内切已经结束了，水星正在太阳之中畅游。从水星的黑影中延伸出一个细长的物体，与太阳的边缘相连，如同拉出的丝线一般。

那条线发端于水星赤道,延伸了约三倍水星直径的距离后渐渐变细,最后消失无踪。

亚纪将目镜让给一年级的学生看。

"这是什么呀?"

这一回答已经充分验证了亚纪的猜测:这不是错觉,水星上正在发生什么不为人知的大事。

2. 2006年12月

"长出天线的水星!""水星里的巨大建筑?"……

诸如此类的耸动性标题出现在世界各地的媒体上。每家天文台的电话都响个不停。平日对水星漠不关心的民众,态度也来了个一百八十度大转弯,天文台整天都在忙于应付,工作严重超负荷。

担任天文部部长的亚纪也被卷入了这场全民天文热潮中。

一直以来,亚纪都不是那种特别出色的学生,虽说成绩也算过得去,但还不到拔尖的地步。班里的同学若是想找人抄作业的话,候选人名单里她要排到第三或第四位去了。

身为目击者,亚纪自然成为老师和同学追问的对象。每当这种时候,亚纪都会据实以告——看见了什么就说什么,从不加入臆测的内容。

"真的是外星人搞的鬼吗?"

"现在还没有结论。"

"你认为是外星人要来征服地球了吗?"

"还不能断定那是人工建造的,必须要做进一步观测。"

"就连屋顶上的望远镜都看见了那玩意儿,如果使用更大更好的望远镜的话,是不是就会看得更真切呢?"

亚纪否定了这一推测,并做出了细致的解答。

水星距太阳很近,一天之中,只有日出前和日落后的短暂时间才能进行观测。不过,即便在靠近地平线的地方捕捉到水星的身影,如果大气折射十分严重的话,也无法准确观测。在这种情况下,就必须使用主动光学技术①,但即便如此,也只能观测到水星的轮廓而已。白天,水星的高度会升高,虽然此时也有方法观测到,但由于距离太阳实在太近,对比度的状况相当糟糕。

大半的同学听到一半就离开了,但亚纪还是很快就被大家奉为天文专家。她本来内向怕生,但就在向那些陌生的同学一一解说的过程中,她克服了交流障碍。在向老师做说明的时候,

---

① 一种应用于地面大型光学望远镜上的技术,通过促动器实时改变主镜镜面的形状,以修正由于重力、温度和风力造成的镜面本身的变形对成像带来的影响。

她甚至旁敲侧击地游说起来:"如果我们能像别的学校一样配备摄影器材,就能得出更加科学的观测结果。"

短短几天内,亚纪就发现,在为别人解疑答惑的同时,自己也增加了知识。同学们七嘴八舌地向她提了很多问题,为了能立即回答这些疑问,她努力收集水星的物理数据,了解轨道共振和潮汐力的原理,甚至还重新学习了地外文明搜索的历史。

在图书馆找到水星照片集时,亚纪心潮澎湃。市面上时常能够看见"旅行者"探测器①拍摄的彩色行星照片,但人类迄今为止只对水星进行过一次近距离探测,相关出版物更是凤毛麟角。

执行那次水星探测任务的"水手"十号②,在1973年到1974年间,曾三度飞越③水星,拍摄了4165张照片。水星的直径大概只有地球的三分之一,外表看上去跟月球差不多,布满了大大小小的陨石坑,但类似月海④的暗斑不多,只是一颗满布陨石坑的无趣行星。虽说"水手"十号的拍摄覆盖面不超过水星总面积的45%,但如果那时水星上已有那座巨大建筑的话,无疑会被发现。

也就是说,至少到1973年,水星上都没有出现异变。上一次

---

① 美国1977年发射的两个太空探测器,任务是探测太阳系的行星,目前它们都位于太阳系的边缘。

② 1973年11月3日发射,是第一个近距离拍摄水星照片的探测器。

③ 太空探测器飞近天体进行探测。

④ 肉眼看到的月面上的暗淡黑斑,其实是月球上广阔的平原。

水星凌日发生在2003年5月，那时候也没有报告说发现异常。这么一来，就只有一个结论了：那个物体是最近三年半之内出现的。

水星凌日后一个月，NASA[1]终于下定决心，准备使用太空望远镜。

太空望远镜造价高昂，原则上是绝对不能对准太阳附近区域的。但NASA解释说，这次的情况是特例。

拍到的照片让所有人瞠目结舌。

那景象跟黄石公园的喷泉类似，但规模却超出黄石公园喷泉的十万倍。在地表附近，"喷泉"看起来是一根柱子，但不久就分散为无数的颗粒，融入太空之中。

水星的磁场只相当于地球的百分之一，火山活动已经终止了。但相同的"喷泉"现象在木卫一上也曾经出现过，所以并不算独特。

不过，令大家惊愕的是水星地貌的变化——它的地表上覆盖着无数的线条。

水星赤道上有一条明显的直线，"喷泉"沿着赤道的切线方向喷入空中。从赤道这条主干开始，延伸出无数条南北走向的

---

[1] 美国国家航空航天局。

线条。这些线条仿佛江河的支流一样，不断分岔，最后形成毛细血管般纵横交错的网络，布满整个星球。

遇到陨石坑和山脉时，这些纹路也不让路，径直延伸开去。它们附近的土壤都变成了明亮的灰白色，看起来就像是琼脂培养基中的菌群。

"喷泉"应该是某种物质投射器①。赤道上的粗线条就是线性马达②的轨道，宽达五十千米，所经之处，就连陨石坑边缘的峭壁都被尽数削平。

因为水星上没有大气，在轨道上将物资加速后释放，就可以将其投射进太空。在人类未来开拓宇宙的进程中，这是将地面资源送入太空的最有效方法。

质量投射是不间断进行的，多数物质投射器都独立运行，其工程量之庞大令人咋舌。但投射的是什么物资，投射的目的地在哪里，这些都无从得知。物资沿着水星公转轨道的切线方向投射到轨道后方。根据轨道力学推算，物资正在朝太阳方向飞

---

① 又称质量加速器，是一种利用电磁投射原理开发的航天运输机械，能以洛仑兹力将封装好的货物加速到第一宇宙速度发射出去。由于瞬间加速度过高，质量投射器一般不能用来发射有人载具。

② 又称直线电动机，其原理与传统的电动机不同，线性马达直接把输入电力转化为线性动能，分为低加速及高加速两大类，低加速线性马达适用于磁悬浮列车及其他地面交通工具，而高加速线性马达能把物件在短时间内加至极高速度，适用于粒子加速器和武器等。

去。不过，它们应该会停留在水星和太阳之间的空间里，而不会落入太阳。

"水星人的露天采掘场?!"

报纸上赫然出现了这样的标题。

太空望远镜的解析力只能精确到千米级，它发回来的照片中并没有发现状如交通工具或生物住所的东西。自称具有通灵能力或者曾被UFO劫持的人趁机兴风作浪，绘声绘色地讲述了他们与水星人的遭遇，内容五花八门、无奇不有。

有识之士并不相信水星土著人的存在，但他们并不否认太阳系外智慧生命降临水星的可能，并对此假设展开了认真的讨论。即便最保守的科学家也认为，虽然这听上去像是天方夜谭，但现在事实摆在眼前，也只有这么解释才能勉强说得通。

至于外星人选择水星的理由，显然是看中了那里丰富的金属矿物和太阳能资源。水星靠近太阳系重力井底部，重元素密集，地壳下方很浅的地方便是铁核，太阳辐射将近地球的七倍，是进行那种大工程最理想的场所。

在距离地球仅一亿千米的地方就有智慧生命存在，人类怎么可能无动于衷?

为了能第一次与地球外生命进行外交沟通，联合国开始着手制定解决方案，但来自各领域的专家面对这样一个史无前例的挑战，全都束手无策。这时候，有人提起了二十年前的一份文件：PDP[1]。

PDP是国际宇航协会和SETI[2]协会共同起草的，规定了发现地外文明之后的应对之策，其宗旨是"反复核实之后确认地外文明的存在""通报以联合国为首的相关机构和媒体""公开观测结果""保护能够接收外星信号的区域""不随意发送回复"。

回复的内容应该由联合国和平利用外层空间委员会、各国政府、非政府机构共同拟定，然后提交联合国大会表决通过。

可以想象，利用PDP解决眼下的问题是相当困难的。姑且不论宗教方面的异议，当今世界还远没有成熟到对地球外文明达成一致见解的程度。

无奈之下，PDP只好增添了一项附加条款，规定回复内容只限于"彼此承认对方是智慧生命"。

换言之，人类与异星文明的对话只能表达一个意思："我们是智慧生命，你们也是吧?"为了实现通信，加利福尼亚大学伯克利分校的SETI研究所制作了通信"文字"：开头是一组表示单纯

---

[1] The Post-Detection SETI Protocol，发现外星智慧生命后行动原则草案。

[2] Search for Extraterrestrial Intelligence，搜寻地外文明计划。

素数数列的电脉冲,正文则用记号表明该信号的发送地是太阳系的第三行星。因为自然界并不存在素数数列,所以这是证明自己是智慧生命的最佳证据。

回复信号由阿雷西波天文台①和NASA遍布世界各地的深空网②发送。

为了避免信号干扰,世界范围内的电波使用都受到了限制。所有可能的频带都开始向水星发射信号。随着地球的自转,发射信号的地点也会相应改换。

可是,等了好几天都没有收到任何回音。如此庞大的工程,照理说怎么也应该有点儿工作通信,但地球方面没能监听到这样的信号。

水星上的质量投射还在继续,人们很快开始用望远镜观测那些被投入太空中的物资。

用望远镜追踪物资的送达地后,人们发现,从水星上投射出的颗粒进入了一个以太阳为中心、半径四千万千米的轨道之中。

---

① 位于波多黎各岛的山谷中,拥有世界上最大的单面口径射电望远镜,直径三百零五米,后扩建为三百五十米,由康奈尔大学管理。

② 一个支持星际任务、无线电通信以及利用射电天文学技术观察探测太阳系和宇宙的国际天线网络,是地球上最大也最敏感的用于科学研究的通信系统。

只靠重力作用无法解释这一结果。有科学家提出，颗粒之所以排列成镜状平面，是为了通过光压①进行轨道修正。这虽然能够解释颗粒的运动，但如果把颗粒看作微型宇宙飞船，那每秒制造八万吨微型宇宙飞船的庞大系统完全无法想象。

当人们还迷惑不解的时候，一个水星年——相当于八十八个地球日——过去了，事情的全貌也终于展现出来。

一个直径八千万千米的巨大圆环出现在太阳周围。

电视台迅速制作了模型，为公众进行说明。

"这个直径十四厘米的发光灯泡代表太阳。"

主持人开始走动，摄像机镜头后拉，拍出了模型的整体构造。不久后，以灯泡为中心，一个直径八米的圆环出现了，圆环相对于地面略有倾斜。

"这就代表问题圆环。模型看起来稍显宽大，并不能反映圆环的实际模样。如果按照真实比例制造的话，那将会是一条细如棉线的环。根据精密观测，圆环宽仅几千米，薄如丝绸。整个圆环相对于轨道面呈垂直状态，就如同围墙一样立在那里。圆环的周围还包裹着一层气状物质。"

主持人钻过圆环，快步走到录影棚尾端，在一张小桌子上放下一个绿色颗粒。

---

① 射在物体上的光对物体所产生的压力。

"我现在距离灯泡十五米。看见了吗？这个药丸模样的东西就是地球。"

圆环的模样逐渐清晰起来，很快用肉眼就能看见。

黄昏时分，人们聚集在视野开阔的天桥、楼顶，或者田间小道上，不安地抬头仰望西方的天空。

日落后的一小时，以及日出前的一小时，圆环微微倾斜地耸立在黯淡的天空中，像丝线一样闪耀着光辉。

初看上去，它类似于具有纤维状纹理的木星环和天王星环，但它并不做轨道运动，相对于太阳是静止的。它之所以不会落入太阳，肯定是利用了光压，使自己变成了一只巨大的太阳帆。

圆环的内侧是黑的，受垂直射来的太阳光影响，每平方米要承受0.7克的重量。为了利用微弱的光压保持相对静止，圆环极薄，几乎与铝箔纸差不多。

接着，世界又被另一个新观测到的事实震撼了。

圆环的宽度正在以每天约五十千米的速度增加。

人们看不见圆环具体是如何"增胖"的，它就像植物一样，每个部分都在不知不觉中成长着。

照此速度成长下去，五十年后，圆环的宽度将与太阳直径相当，会导致日全食的发生。具体来说，由圆环导致的日全食每年会有两次，分别发生在地球公转面与圆环面相交的五月和十一月。

圆环导致的日全食虽然一天就能结束，但日偏食的时间合计却有两个多月，每年地球的日照量也会因此下降百分之十。

气象学家认为，地球将面临前所未有的巨大危机。

"根本用不着五十年，其影响就会显现。随着日照量的下降，增加的冰雪将导致地面对阳光的反射率上升，引发全球变冷的连锁反应。只消三年时间，冰河期来临的最初征兆就会明确显现。"

3. 2007年9月

"亚纪真了不起,成绩突飞猛进呀。"看到亚纪的模拟考试成绩之后,从二年级起便是亚纪竞争对手的同学口是心非地称赞道。

"是吗?"

"那天之后,你变了不少呢,亚纪。"

"裕美也一定要加油啊。"

"当然……不过我可能不会考大学。"裕美说,"那样就会和父母分开了。"

"留在父母身边干什么呢?"

"不知道。"

"留在父母身边能干什么呢?"

"不知道。"

"简直不敢相信,都到这个时候了,你还稀里糊涂的。"

"信不信由你!"

同学不满地离开了教室。

亚纪呆呆地看着她的身影消失在门外。

每天放学之后、日落之前,天文部的成员都必须用望远镜观测太阳,不过升入高三的亚纪已经不用这么做了。

亚纪离开校门,往车站走去。车站前停着一辆宣传车,站在车顶上的男人正拿着扩音喇叭高声演说,亚纪下意识地驱赶着刺耳的声音。

"用不了多久,世界就会进入冰河世纪""政府将不得不施行粮食配给制""人类将被外星人杀光""人类会被强制迁移到别的星球上去""人类将被纳入银河文明,迎来前所未有的幸福时代"……

连日以来,各种流言遍布街头巷尾,不由分说地钻入人们的耳朵。

各界高呼立刻开始储备燃料和粮食;世界各地开始加速兴建核电站;宗教狂热分子大行其道;居住在高纬度地区的人们开始考虑向低纬度国家移民。

全球股市不停地上演暴涨与暴跌的循环。人们对未来丧失了信心。既然明天的太阳都有可能看不见,那做什么都丧失了意义。

亚纪觉得,局势还将继续不可挽回地恶化下去。

亚纪试着站在天文学的立场上,从地球之外的视角观察地球和人类。

人类只是偶然在地球气候最好的一万年里发展起来的。

以宇宙的尺度而论,一万年只是短短一瞬,人类文明仿若昙花一现。

如果那个巨大的圆环是外星人的杰作,那将是多么了不起的一件事啊!宇宙之中,竟然真的存在能跨越浩渺星空,并能彻底改变一颗行星外貌的文明!

亚纪被这种可能性深深吸引了。她想揭开水星上的庞大工程、太阳外的巨大圆环,以及隐藏在它们背后的外星文明的秘密。

亚纪并没有对人类的灭亡产生恐惧,她所担心的是,人类在对外星文明一无所知的情况下就被它毁灭。

第二年,亚纪考上大学,进入心仪的理工科学习。大一那年的初夏,人类探测器第一次接近圆环。

从异变开始算起,已经过了一年半。但在亚纪看来,探测器的制造速度还是相当惊人。

自人类开始进行太空探索以来，还从未如此近距离地接触过太阳。为了完成这一目标，科学家攻克了大量技术难关。

圆环离地球比火星离地球还要远，那里的太阳辐射甚至能够融化铅，而且缺乏可以帮助探测器减速的大气。

第一个探测器只是从圆环旁高速通过而已。根据它传回的影像，只看得出圆环像银幕一样平整，却未能看清它的构造。

虽然人类也可以制造出相对于圆环静止的探测器，但它的速度变化率必须超过以往任何一种探测器的十倍，而这是化学燃料火箭所不能完成的任务。于是，人类开始研制使用太阳帆的超轻型探测器。

亚纪开始读硕士那年，终于有探测器在距离圆环外侧两米的地方拍下了圆环的放大图像。

那东西简直就跟发霉的复写纸差不多。虽然从远处看银光闪闪，但它的真实面目却是从黑色的底子上长出的无数纤毛。这些纤毛粘住从水星上投射出的细微颗粒，以此为"材料"，扩宽圆环的面积。

圆环的构成物质薄而强韧，但如果使用高温喷气的话，应该很容易就能切出口子。不过，不论怎么破坏，圆环都能很快恢复原状，就像不断分裂再生的细胞一样。

为了揭开圆环强大复原能力的秘密，人类发射了新的探测器，希望能采集回标本，但却以失败告终。

其实探测器采集到了标本，然而存放标本的容器被立刻侵蚀掉，接着连整个探测器都被"吃"得干干净净。

科学家惊愕不已，因为这让人联想到了长期以来备受争议的纳米机器吞噬地球的故事。

圆环物质的活动能量无疑来自太阳。然而，在密闭性极好的容器之中，圆环物质仍然可以继续活动。

虽然有人提出可以制造防止圆环物质侵袭的绝缘容器，但将这种物质带回地球又过于危险，所以采集标本的计划被迫终止。如果纳米机器中意水星，那它们肯定也乐意尝尝地球的味道。

尽管圆环的构成仍然笼罩在迷雾之中，但至少可以确定，它保持着与太阳相对静止的位置。圆环肯定是通过表面微小构造的改变，控制着光线的反射角度和反射率。

4. 2014年5月

相模原宇宙科学中心。

在众多的研究部门中,亚纪选择了比较行星学研究室。这时候,行星学已经名不副实,变成了专门研究水星和圆环的学科,主要工作就是分析各国的探测器传送回来的数据。研究室还自主开发着观测所需的仪器设备。

与世界性的经济萧条相反,拨给比较行星学研究室的经费节节攀升,甚至有传言说它不久就会成立独立的研究所。在亚纪看来,说不定将来还会诞生一门新的学科:圆环学。

某天,学生们的视线集中在了一个工作台上。屏幕上正显示着经专用线路传来的水星探测器拍摄的实时图像。

探测器距离目标三百万千米。

站在屏幕前的助手浅野抱着双臂,将屏幕上的数字读了出来。

"距离绝对防卫线十万千米。"

虽然尚未定论,但大多数研究者都支持"存在防卫线"一说。

上一个探测器在距离水星二百八十万千米的地方突然与地球失去了联系。在事发前的一刹那,探测器上的宇宙射线计数器的数值骤然攀升。同时,位于地球昼半球的观测所史无前例地检测到了射电爆发,其释放的能量是核爆炸的数百万倍。

这次的探测器会遭遇什么情形呢?

到现在为止,探测器的运转一切正常。

宇宙科学中心提供的望远镜捕捉到了水星半月状的身影。以物质投射器为端点的颗粒喷流增加到四条,分布在东经七十度到东经八十度的范围之内。它们各自划出不同的曲线,消失在虚空之中。

水星的地表已经面目全非,其上似乎覆盖着一座散发着金属质感的未来都市。轨道网纵横交错,让人联想到传说中的火星运河。

"还有一万千米。马上就要——"

突然，画面停止了更新。

刚刚还在细微变化的遥测数值也不再跳动。

这不是地面线路的问题。标示探测器信号强度的警示灯闪烁着红光。

"探测器被毁了吗……平矶那边怎么样，白石君？"

亚纪回到自己的终端前，读取平矶宇宙环境中心提供的实时数据。

"通量①……九十三分贝的射电爆发。"

"很显然，探测器遭到了攻击。"

通信中断后两个小时。美国总统一脸严肃地发表了演说，描述了刚才的情形。

"可以确定，圆环建造者拥有伽马射线激光武器，即所谓的激光炮。水星已经被圆环建造者改造成了一座要塞。过去七年，我们使用了各种手段，试图与圆环建造者取得联络，但毫无所获。为了人类的存续，我们必须向未知的敌人宣战。"

于是，在联合国安理会的领导下，联合国宇宙防卫军——UNSDF——宣告成立。由于主要功能都由 NASA 担当，所以宇

---

① 单位时间单位面积物质的流通量。

宙防卫军的总部设在约翰逊宇航中心①。宇宙防卫军同以前由少数大国主导的联合国维和部队不同，是联合国成立以来首次组建的真正意义上的多国部队。

于是，人类与圆环建造者——简称"建造者"——的宇宙战争开始了。

以前只出现在科幻小说中的宇宙防卫军成了现实，却没有人感到兴奋，因为宇宙防卫军必须大胆迎战，唯有成功破坏圆环和水星上的物质投射器，才能为人类带来生的希望。

"不过，我们能贸然采取敌对行动吗？"通信中断后的第二天，浅野说，"如果外星人真的在没有大气的行星上实施大规模工程，那就肯定建造有防范彗星和陨石撞击的设施。"

这听上去很有道理。

一个学生说："可是，宇宙防卫军究竟打算怎样突破防卫线呢？是要像军队那样做吗？采取饱和攻击的策略？"

"宇宙防卫军无法携带大规模攻击性武器，所以可能会采取大量投放微型探测器的策略，但这样无法取回圆环物质样本，估计还需要采用伪装、潜行等方式。"浅野考虑了一会儿，接着说，

———————

① 位于美国得克萨斯州休斯敦，是NASA的任务控制总部，负责协调管理美国的载人航天任务。

"根据先前屡次失败的教训,还是不要将进攻的矛头对准水星本体比较好。圆环上没有防御设施,比较容易下手。当然,这样一来,就存在被圆环物质'感染'的风险。宇宙防卫军正准备将载人飞船送到圆环上去。"

载人飞船。

说者无心,听者有意,亚纪的心猛地跳动起来。

"飞船能载几人?"

指导老师挑起了眉毛,"你想去坐飞船么,白石君?"

"想。"

"可那里到处都是宇宙射线。"

"没关系。飞船到底能坐多少人?"

浅野摇了摇头,"还没有任何正式消息发布,所以现在谈这个为时尚早。我听说核动力引擎开发项目已经在内华达启动了——正确地说,是再开发项目——不过,如果飞船使用核动力引擎的话,就肯定需要有人来操作。"

5. 2017年6月

狂风裹着暴雨,袭向渊野边车站前的交通岛。

本来想打出租车的,但高昂的费用让亚纪打消了这个念头。

亚纪没有打伞,而是把雨衣的兜帽罩在头上,步入雨中。

排水沟里的雨水溢了出来,将路旁飘落的樱花冲走。

六月的樱花。

吹到脸上的风有一种湿热的感觉,很像台风将至的前兆。

虽然风呜呜地吹着,但街道上却显得异常冷清。街边的商店清一色的门窗紧闭。即使天放晴了,估计也不会开店营业。

货币经济正在崩溃,世界各国陆续采取了食品和生活必需品的配给制。

近十年来,世界气候发生了剧烈的变化。

事实表明,地球的平均气温正在持续下降,进而引发了各种极端复杂的现象,地球环境陷入了前所未有的混乱状态。

印度尼西亚久旱不雨,印度以北却有十四万人被洪水夺走了生命。

虽然冰河正在朝中纬度地区逼近,但日本列岛却在遭受酷暑的折磨。

日本本州东北部的天空布满蝗虫,北海道则豆金龟子①遍地。爱媛②出现了大批疟疾患者。以出产天然有机农作物著称的农庄早已踪影难觅,农户们只能采用塑料大棚来调整日照和温度,勉强保证农作物的生产。

亚纪一副落汤鸡的模样走进研究室,教授已经等在那里了。

"白石君,你报名应征伏尔甘③计划的组员了吧?"

"嗯,是的。"亚纪这才想起,进入复试的应征者名单已经被公之于众了,"我事先没跟您商量就决定了。"

"没关系。我们这里竟然能出一位保卫太阳系的战士,真是求之不得呢。"

---

① 一种农业害虫。
② 日本四国西北部一县。
③ 古罗马神话中的火神。

"现在只是复试，而且我也谈不上是战士呀。"

战士，保卫太阳系的战士。

这个称呼听上去太虚幻了。

"你胆子很大，这样的工作正适合你。"

"谢谢您。"

"不过……"教授欲言又止，"伏尔甘计划与以往的载人航天计划不同。"

"我知道。"

阿波罗计划的首要目标是将宇航员送到月球并保证其生还，为此，飞船上的安全设施一应俱全。

但伏尔甘计划是宇宙防卫军的军事任务，其目的不是保证船员生还，而是不惜一切代价破坏圆环。

亚纪认为，仅凭一艘小小的飞船，是无论如何也不可能破坏表面积为地球表面积六万倍的圆环的。但是，现在每天都有六万人饿死，如果飞船仅仅是去做调查，那全世界都不会答应。

建造中的核动力宇宙战舰为了携带尽可能多的燃料，牺牲了飞船的居住性与安全性。对宇宙射线的遮蔽也不充分。这会是一趟往返需一年多的航行，而且距离太阳极近，飞船内外都将充满宇宙射线。

飞船将冒着被"感染"的危险，与圆环正面接触，找出可行方案，然后尽可能地对圆环展开破坏。虽然也要极力避免白白送命，可一旦有机会成功的话，即使舍弃性命也在所不惜。

对这趟旅行的风险，亚纪早有心理准备，但她还是义无反顾地报名应征了。

6. 2017年10月

四位面试官深陷在高背椅里,三名男性,一名女性。

左起第二位留着小胡子的男人看了看亚纪,像是要让她放松似的说道:"你给我的第一印象很好。以体型而论,你的代谢量很小。"

其他三人笑了。亚纪知道这是在开玩笑,于是放松下来。

但她又突然回想起等待面试时从其他候选者那里听到的劝告:可以放松,但绝对不能大意。

不痛不痒地提了几个问题之后,面试官开始进入正题。

"日本人的世界观很有趣。轮回转生、泛灵论……你能不能直率地告诉我,你对生命论是怎么看的呢?"

"我认为,那是一种可能。"亚纪慎重地回答道。

目前的探测没有在水星和圆环上发现任何生命迹象。圆环建造者究竟在什么地方,它们究竟是什么模样,它们究竟有什么目的?

所谓"生命论"就是说:圆环本身就是生命。

微小的生命之种落在水星之上,建造了物质投射器,将水星上的矿物资源投射到太阳周围,形成圆环,整个过程就像水獭筑坝一样。

一旦迁徙的条件成熟,圆环就会四分五裂,生命之种就会乘着一张张太阳帆飞往别的星系。这种生命不具有意识,它们的所有活动都出自本能。

"生命论虽然令人着迷,但这并不能改变圆环对我们的威胁。人类还是要尽快破坏圆环才能获救。"亚纪说。

"那么,你认为生命论令人着迷的地方在哪里呢?"女面试官发问道,她一头漂亮的白发扎在脑后。

"如果能确认真的存在适应太空环境的生命,那将颠覆我们的宇宙观。如果存在能够改造整颗行星的生命,那么我们已经认识的各种恒星、星云、暗物质,乃至银河和宇宙本身,是不是都可以看作是某种生命现象呢? 我们这些有机生命,会不会是用很久之前降落到地球的宇宙生命作为模板而产生的呢?"

"是啊。但圆环也可能是高度发达的文明的产物,你是认为生命论更加有魅力吗?"

亚纪知道,面试官的问题越来越难了,回答时必须万分小心。

文明论与生命论的区别在于建造者是否具有智能。生命论认为,建造者的行为都是在无意识的情况下进行的。支持这一学说的人通常被认为是虚无主义者,这样的人大概没有资格成为保卫太阳系的战士。

以地球上进化的生命而论,它们之所以能适应环境,并不是因为他们拥有智能,而是进化的机制所致。虽然智慧生命不是被动地让环境来选择自己,而是主动地参与到环境的改变中去,但是,人类的智能在混乱的环境面前并没有发挥多大的作用。那么,高度发达的智慧生命就有能力随心所欲地征服环境么?

无论如何,生命论里都有一点虚无主义的味道。

亚纪想暂时保持沉默。她正是为了找出生命论与文明论孰对孰错,才主动前来应征的。

四位面试官看上去都是百里挑一的精英。他们接受过西方文明的洗礼,具有极高的教养,而且多半是基督教徒。亚纪在研究过程中接触过这样的人,所以能够理解他们的想法。

"生命论的魅力在于——"亚纪说,"可以不用假设建造者抱有侵略意图就解释清所有的事。"

"你希望它们是友善的邻居?"

"如果它们可以构筑高度发达的文明,那就不太可能产生侵略其他星球的念头。"

"也不是说侵略,只是假定它们并非水星原住民。"

"两者是一样的。拥有如此高度的文明还自私地发动侵略,这种让人惋惜的行为是很不自然的。"

"如果它们的价值观和我们的不同呢?"

"我相信真正高度发达的文明必定能够理解人类,尊重人类的意志。"

"这么说,你支持生命论?"留着络腮胡的男子问道。

亚纪否定道:"我说的是'那是一种可能'。如果它们是生命的话,每一代的生存周期一定极长,而且缺乏种内竞争的机会,进化速度因此十分缓慢。但是,它们却在进行着超乎想象的庞大工程。尽管可能缺乏佐证,显得有些唐突,但我觉得,自己更倾向于认为那是外星文明的自动装置。"

"原来如此。谢谢,你可以出去了。"

亚纪离开了面试间,留着络腮胡的男人耸了耸肩。

"真是个无趣的姑娘,既没有幽默感,也不会撒娇。虽说长得还算不错,但我可不想找她当女朋友。"

"是我们需要的人吗?"

男人点点头,"虽然我觉得保卫太阳系的工作应该交给男人来做……"

"至少得有一名女性吧,不然不好向世界舆论交代。"

"这个我知道。真是摊上了一件讨厌的差事啊。"

归国两周后,外务省的官员造访宇宙科学中心,将联合国宇宙防卫军的录用通知交给亚纪。这种事竟然由外交部门经手,亚纪深感意外。

"下周才会发表正式通报。在那之前,你最好把自己的事处理好。"外交官员交代完这一句后便起身离去。

亚纪短暂地沉浸在震惊与喜悦之中,很快,她回过神来。"把自己的事处理好"是什么意思? 是说要向自己认识的人一一告别么……

周末,亚纪回到了山梨县的父母家中。时隔半年再次踏上故土,虽说这几日天气不错,车站周围的店铺仍旧门窗紧闭。从车站出发,步行只需二十分钟就能到亚纪的家。

只有母亲一人在家,她正在院子里的塑料大棚中劳作。亚纪连忙赶去帮忙。

"爸爸呢?"

"说是拍下了两筐咸鱼,急匆匆地赶去清水取货了,傍晚就回来。"

零售业持续萧条,大多数食品销售都通过网络拍卖进行。

母亲一边干着农活,一边向亚纪讲述亲戚和邻居的近况。继米、肉、蛋之后,牛奶也被列入了配给食品清单之中。与二战之后的黑市时代不同,现在就连乡下的农户都备受食品紧缺的困扰。

用不了多久,就连鱼都会成为配给食品了吧。海岸线逐渐后退,洋流也愈发反常,定置渔具捕捞①业因此遭受了毁灭性的打击。剧变的天气还导致海难事故频发。虽然目前人类仍在努力进行工业生产,以维持脆弱的货币经济,但势必不能持久。一旦工业崩溃,电力中断,网络也会陷入瘫痪。

父亲在日落时分回到家里。同以前在电机制造公司从事管理工作时相比,现在的父亲反而更健康了,身体略有发福。

"先分点儿给邻居吧。"

父亲将咸鱼分成几小份,急匆匆地赶到邻居家去。

晚餐时分,一家三口围坐在一起,父母你一句我一句地询问着有关圆环的情况。幸好他们没有催促亚纪结婚或者干脆回家来住。

①将渔具固定设置在渔场内捕获鱼虾的作业方式。是沿海和内陆水域主要捕捞方式之一。

"美国的宇宙战舰什么时候起飞？"

"不是美国的，是联合国的，只不过是由 NASA 主要负责罢了。"

这样的对话怎么听都不像是普通家庭的闲聊，亚纪想。最好趁现在就向父母坦白吧。

"有件事我已经瞒了很久，现在想告诉你们。我……要坐上那艘战舰了。"

"坐上？"

"我是那艘宇宙战舰的船员，星期四已经收到了录用通知。"

亚纪将英文通知递给父母看，二老终于认识到这已经是铁板钉钉的事实。

"宇宙战舰什么时候出发？"母亲询问道。

她没有流露出丝毫反对的意思。亚纪从来都是自己先做决定，然后才跟父母说，可能双亲已经习惯了吧。做母亲的还没有意识到这趟旅程亚纪可能有去无回——这反倒很好，免得二老为此操心。

"离战舰造好还有两年，在这期间我必须参加训练。任务开始之后，有十一个月的时间都要待在战舰里。"

"加起来差不多有三年啊……"

"对不起。虽然我也想经常回日本看你们，但训练期间不能离开休斯敦。听说家人可以搬到那边去住,不知你们有什么打算?"

"我们有什么打算?"父母面面相觑。

7. 2018年1月

得克萨斯州休斯敦。尽管宿舍正对着清水湖，但湖水已经干涸。湖边废弃的渔船和游艇裸露着发白的船底，景象十分凄惨。海岸线后退，这里自然无法幸免。

只要不给生活带来不便，看到的是什么景色都无所谓。家务事由女仆打理，出行都有保镖相随、专车接送。在当今世界的情势下，这样的待遇可谓奢侈。

亚纪的父母到底还是没有跟她来休斯敦。倒不是因为担心在美国住不惯，只是不愿抛弃已经熟悉的生活圈。虽然亚纪说随着事态的恶化，邻里关系肯定会越来越差，但父母却说到时候再考虑来美国。按照计划，三年之后，一切都会好起来的。亚纪会回来,圆环也会消失——父母这样坚信着。

乘车只需二十分钟便可抵达位于约翰逊宇航中心的办公室。

一开始,亚纪以为自己可能要天天操作喷气式战斗机,在离心机中反复折腾,或者参加一轮接一轮的生存训练,但事实却不是这样。虽然也要参加各种各样的体能训练和模拟操作训练,但亚纪的大半时间都花在了学习相关科学知识上。

亚纪来到约翰逊宇航中心的第一天,训练就开始了。

狭小的教室内,坐着包括亚纪在内的四名船员。他们分为两组:军人组和科学家组。亚纪属于科学家组。教室里还有一名女性培训员,但她却说:"今天我当听众,讲师的工作交给来自海军的两位船员。"

可能是为了培养船员间的和睦感情吧,培训计划要求两组船员互相教导对方自己掌握的专业知识。军人组的两位似乎也挺意外,他们交换了一下眼神,耸了耸肩。然后,年纪稍长的那位站了起来,来到教室前面。

此人名叫艾伦·金德斯利,五十一岁,舰长,满头银发,留着小胡子,长相温和。

"我和马克之前一直在美国海军的'静默部队'中服役,也就是潜艇部队。"

可能是指挥官的素质使然吧,金德斯利声音洪亮,极具穿透力。很快,他的讲话便达到了"巡航速度"。

"潜水艇分为两类:战略型和攻击型。战略型核动力潜艇就是移动的导弹基地。要攻击潜艇很不容易。即使美国本土被毁灭,只要核潜艇能躲过一劫,就可以伺机发动报复行动。"

佩尔·琼森举起手。他同家人从已经无法居住的瑞典迁居而来,既是物理学者,也精通行星学,年纪与金德斯利不相上下。在他身上看不到丝毫难民常有的阴郁,一双闪亮的眼睛里总是充满了好奇,仿佛不知世间疾苦。

"我很早就有这样的疑问了——为什么要叫作'战略型'核潜艇呢?"

"很好的问题。之所以使用'战略'这个词,是为了表明军事行动的规模。军事行动按照规模由小到大的顺序依次是:战斗、战术、作战和战略。提到战略的时候,通常都关系到国家和民族的命运。"

"原来如此。那么,你指挥着战略型核潜艇,是不是就掌控着世界的命运呢?"

听见佩尔毫不客气的质问,舰长只是报以宽容的微笑,"我指挥的是攻击型核潜艇。对于常年在海中游弋、不见陆地踪影的潜艇来说,最大的敌人就是对方的潜艇。由于我指挥的潜艇的任务是攻击战略型核动力潜艇,所以被称作攻击型核潜艇。"

"很有趣。看来没有一样武器是绝对安全的。"

"是的。攻击型核潜艇要保护己方的战略型核潜艇,并防范对方的攻击型核潜艇。实际上,攻击型核潜艇很少交战,但必须时时刻刻执行追踪、探查的任务。深海之中,电波和光线统统无效,只能依靠声音,利用声呐探知敌人的位置,悄无声息地靠近,而且不能够贸然提高航速,因为螺旋桨转动过快的话,就会产生空化噪声①。"

"我渐渐明白为什么要从潜艇部队中征募宇宙战舰的船员了。"

"与飞机相比,宇宙战舰和潜艇的相似处更多:都是以核能为动力源,都要在封闭空间中长时间地监视敌人的一举一动。关于攻击型核潜艇的日常任务,就请马克来说明一下吧。他在我的舰艇上服役时,表现异常优秀。能和你再次见面,我很高兴,马克。"

马克·里德利来到教室前面,替下了金德斯利。他外表精悍,平头,头发近乎黑色,手边的履历表上写着他今年三十一岁。

"谢谢,舰长。我在金德斯利舰长的核潜艇上担任轮机员,

―――――――――――

①空化是液体中产生空穴的现象,空穴形成又破裂所发生的噪声就是空化噪声。

还在古老的俄亥俄级战略型核潜艇上服过役,后来才被转调到攻击型核潜艇上。在宇宙战舰上,我仍将担任轮机员。不论在什么舰艇上,轮机员的工作都没有太大的区别——都要不断地监视原子反应堆的状态,维持其运转。"

"没想到我们的宇宙战舰也是这样。轮机员是要一边看仪表盘一边操纵控制杆吗?"佩尔把手中的触控笔当成控制杆挥舞起来。

马克爽朗地笑道:"潜艇和宇宙战舰都是高度自动化的机器,核反应堆是复杂而重要的设备,轮机员有轮机员的工作,不是你想象的那么简单。"马克的视线从佩尔身上移开了,"核反应堆不是直接驱动螺旋桨转动,而是通过蒸汽涡轮机将核能转化为电能,传送到螺旋桨的马达,同时保证舰艇内的空气循环,并为所有电子仪器提供电力。尽管宇宙战舰的 NERVA Ⅱ 型引擎要直接喷射类似蒸汽的东西,但它仍然同时发挥着发电机的作用。"马克的视线落在亚纪身上,"白石小姐,你听清楚了吗?"

"嗯,相当清楚。"

"那就好。你一直一言不发,我还以为你的思维没有跟上呢。"

"马克,说起来,你似乎对东亚女性抱有好感吧?"金德斯利在一旁打趣道,"我还记得,你衣物柜的门后面还贴着韩国电影女星的性感海报吧?"

"舰长,那可是国防机密!"

马克抗议道,脸涨得通红。亚纪偷笑起来,金德斯利朝这边指了指,"瞧,她笑的时候还用手捂嘴呢。你就是被这种优雅的举动迷住了吧?"

"啊,不是……我是……"

马克被原长官这么一戏弄,立刻乱了分寸,但没过多久,他便挺直了身子,来到亚纪身边,对她说:"你的笑容真美。希望以后能经常看到你的笑。"

亚纪一时间找不到合适的言辞应对,只能暂且微微点头致意。

亚纪一方面要作为宇宙战舰的船员接受训练,另一方面还必须继续科学家的工作。在训练的间隙,她还要在自己的办公室里从事研究。研究课题是圆环物质的产生机制,虽然研究的进展不尽如人意,但至少能看到最新的研究论文,还有机会参加各种学术会议。

不久之后发生的一件事让亚纪更加忙碌起来。

圆环上出现了一处巨大的暗斑。

暗斑的直径有十三万千米,几乎与木星相当。起初,暗斑的颜色一直在不停地变换，但一年之后便稳定下来。

人们把暗斑称为"岛"。与其直径相比，"岛"薄得令人吃惊——在圆环内侧完全没有突起，超出圆环外侧的厚度也不超过三百米。即使使用太空望远镜也无法观察到"岛"的局部详情，它看起来就像一张灰色的标签。

"岛"虽然很薄，但其质量应该不小，可它并没有沉向太阳。随后的观测发现，"岛"正朝太阳方向喷射出无数条粒子流，这些粒子流支撑了"岛"的重量。以"岛"所在的位置而论，它受到的太阳引力只有0.2g，所以并不需要太大的推力。

因为"岛"的出现，生命论骤然失势。在相对太阳静止的地方出现了一个异常点，这明显是某种机械在起作用，而不像是生命。

如果"岛"是天线之类的东西，那它所朝向的地方会不会就是外星人的母星呢？

环绕着太阳的圆环镶嵌于水星的公转轨道面内，现在还无法推断外星人的母星是否存在于这一轨道面内。假设"岛"真是天线，那它应该拥有能让波束朝纬度方向倾斜的结构。如果那是可以控制相位的阵列天线，倒可以借由调整波束传播方向代替物理结构上的倾斜。

一组名为"岛快车"的探测器朝"岛"驶去。

然而，没有任何一个探测器闯入距"岛"二百八十万千米以内的区域——"岛"也被激光炮守护着。

普通大众惊愕不已，科学家们却有了新发现。

几乎可以肯定，圆环内侧之所以呈黑色，是因为它需要吸收光子并将其转化为能量。除去活动所需，多余的能量会通过排热方式释放掉，只要监测热量的变化，就能推算出进出圆环的能量。

目前，圆环几乎没有进行能量的转换生产。当"岛"开始进行工作时，应该就会伴随能量的生产。

另外，当"岛"出现之后，圆环的温度也并没有降低，看来它能够自主提供漂浮所需的能量。不过，在激光炮发射之后，圆环排出的热量会暂时减少，这肯定是"岛"在为下一次炮击储备能量。

"能问你几个问题吗？拜托了，不会耽误多少时间的。"

一天，亚纪在宇航中心主楼的停车场被记者逮住了。

因为"岛"的出现，伏尔甘计划被迫作出大幅调整。人们因计划的延迟而烦躁不已，将批判的矛头对准了联合国宇宙防卫军，媒体就是这场批判运动的急先锋。

"如果能阻断流入'岛'内的能量的话，就有可能使激光炮失效。宇宙防卫军司令部正在全力以赴地制订战略计划。"亚纪一板一眼地给出了标准答案。

亚纪已经被外界描述为"毫无幽默感的女科学家",对此她安之若素。只要能去圆环,别人怎么看她已经无所谓了。

"有人认为,圆环和'岛'都是神圣不可破坏的。还有人担心外星人会对人类实施报复。对此你是怎么看的?"

"我遵从司令部的判断。"

"你自己是怎么看的呢?你认为应该破坏它们吗?"

"威胁人类生存的东西必须被消除。"

"白石女士,你不觉得自己已经成了宇宙战舰的一个零件了吗?"年轻的记者追问道,"我想听听你本人的看法。世界将希望寄托在你们四个人身上,谁都不愿看到你们只是毫无主见的机器人。"

亚纪看着记者。他肯定埋伏很久了吧,衣服和头发上都沾满了尘土,一副疲惫不堪的模样。

"是啊……我们总是在想,圆环与黄道面①垂直就好了,这样对地球的影响最小。当然,对于可能存在的圆环建造者来说,把从水星投射的物资放置在公转面才是更加合理的选择。"亚纪一边斟酌着词句,一边努力组织出标准答案之外的回答。"我一直

---

①地球的公转轨道所在平面。

梦想着能与外星文明接触，但遗憾的是，这种接触却是以这样的方式开始。我之所以应征参加破坏圆环的任务，就是为了有朝一日能与建造者相遇。"

可能听出了这是亚纪的真情流露吧，记者脸上的严厉神色消失了，静静地倾听着她的发言。

"你真的想见外星人？"

看着记者一脸的困惑，亚纪补充道："是的。所以我们必须努力活下去。"

8. 2021年8月19日

　　船员运输飞船中,没有瞭望窗之类的奢侈品。所以直到亚纪他们的飞船与国际空间站的居住舱对接之后,她才第一次看到了宇宙战舰的模样。

　　战舰的影子投向地球,遮盖了波光粼粼的大洋,亚纪感到前所未有的震撼,忍不住倒吸了一口气。

　　世界还处在饥馑与冰雪之中,联合国却耗费七百亿美元和三十七条人命建造了人类历史上第一艘核动力宇宙战舰——UNSS[①]"法朗克斯号"。

　　战舰全长一百三十米,十二个燃料箱如葡萄串般靠在一

――――――――――
　　① 联合国宇宙战舰。

起。舰首部分有无人探测器、保护战舰免遭太阳辐射伤害的遮光盾，以及覆盖着隔热层的狭窄居住区。舰尾固定着两台NERVA Ⅱ型核动力引擎。

通过 V 型火箭发射升空的补给飞船与空间站对接，将最后一批燃料注入战舰的燃料箱。身穿宇航服、在战舰各部分忙碌的工作人员有五人之多。

虽然名为"战舰"，实际上"法朗克斯号"装配的武器只有两枚制导导弹，每枚导弹携带有一个五百万吨级的核弹头。相对于目标来说，这样的武器太无力了。核武器打击虽然会对人类社会造成有效的破坏，但在宇宙之中只是微不足道的能量爆发而已。

"不要抱有过高的希望。凭一艘'法朗克斯号'就去对付外星人，无异于螳臂当车。"

面对评论家道出的事实，恼羞成怒的联合国宇宙防卫军最高司令回答道："我们最强大的战斗力是人类本身。我信任我们的船员。"

简单的仪式之后，四名船员通过长长的登舰管道，进入了宇宙战舰。

他们关上气闸，进入了公共区域。这个十二立方米的空间是居住舱中唯一共有的区域。

舰长环顾了一圈这个狭小的空间，笑道："真像是来到了人生旅途的终点——棺材里啊。"

"咱们的旅途现在才开始呢。"马克说。

"快要结束了。没想到一等就是四年。还有十一个月，我们的任务就结束了。"

检查完毕后，四人分别回到了各自的茧形睡舱。

睡舱只比真正的棺材稍宽一点，里面装配有维持生活所必需的一切物品和设备。睡眠、排泄、操纵飞船、开会——船员的大部分时间都在睡舱中度过。各种信号的处理通过抬头显示屏与数据服进行。为了避免人际关系恶化，船员必须前往公共区域领取食物，但仍可以选择回到睡舱中进食。

四个小时后，UNSS"法朗克斯号"在预定时间起航了。之前的一再延期现在看来都不再重要。战舰静静地脱离地球低轨道，甚至连电梯运行中的那种震动和加速都感觉不到。

"总算只剩我们四个人了。咱们可要搞好关系呀。"舰长从自己的睡舱里发话道，"不过马克，咱们先说好，你可别打亚纪的主意哦！"

漫长的航行途中，亚纪和佩尔时常通过睡舱中的个人线路进行长时间通话。在到达目的地之前的半年时间里，两名科学家的任务就是研究从地球发来的作战计划或者论文,并相互交换意见看法。

"你看了欧洲核子研究中心昨天传过来的论文没?从圆环到'岛'的能量传输方式又有了新说法。"

佩尔还是老样子,传过来的声音里充满了好奇,丝毫感觉不到被夺去家园的怨恨。对于圆环,佩尔更倾向于认为那是单纯的机械设备。

"是说将能量转换为反质子束,并经由细管进行运输吧。这种运输方式的损耗极大,有些异想天开的感觉。"亚纪并不赞同这一新假设。

"如果拥有高超的转换方式,说不定利用铜线也能进行传输呢。我对这一假说很感兴趣,切断圆环物质的时候,一定要好好研究研究。"

"可能会用到分光计①吧。不过想要进行反质子交换的话,必须设有相对应的系统,并且遍布整个圆环。"

假设构成圆环的物质同构成人体的细胞相似,那么每一块微小的个体都应该装载有一整套相同的信息。

"细胞模型说并非任何时候都适用。事实上,它们只需要在每平方千米的区域内设置一台反质子制造机,就能实现能量的

_____

① 一种测量角度的精密仪器。

转换或传输。或许只是迄今为止的探查活动还未发现这些设备罢了，这种设想是完全合情合理的吧?"佩尔自信地阐述着自己的观点。

"天晓得。"

和佩尔的讨论大都会以这句话收场。

9. 2022年1月24日

来到近日点的UNSS"法朗克斯号"将舰尾转向前方,引擎开至最大,开始进行减速喷射。地球就在左后侧大约一亿千米的地方。通信没有受到太阳和喷射气流的影响,信号一直相当良好。地球上各种各样的网站都上传到了舰载镜像服务器里,尽管亚纪专心于分析圆环,但她的目光还是忍不住被地球上的惨状吸引了过去。

在宇宙战舰踏上征途之后的五个月里,独联体诸国的国家机能完全丧失,南下的难民潮水般涌入南亚、澳大利亚北部和非洲。他们无依无靠,为了躲避蔓延的冰河,只能朝赤道方向靠拢。然而,覆巢之下岂有完卵,环境剧变遍及地球的每一个角落,所有人都无处可逃。

十二个巨大的燃料箱中,有八九个已经被剥离,庄严地朝前方漂去,耀眼的阳光给它们镶上了一道银边。UNSS"法朗克斯号"结束了漫长的减速航程。经过长达四个小时的自由落体运动,战舰从圆环北侧进入了它巨大的身影之中。

"能够打开窗口上的遮光板吗?"亚纪请求着舰长的许可。

"没问题。"

亚纪从自己的睡舱中飘出,来到公共区域。她关闭了照明灯,来到舰内唯一一扇窗户旁。

亚纪忍不住倒吸一口冷气。

映入眼帘的是白而通透的火焰的群峰。

亚纪花了不少时间才回想起九岁时看见的日全食的模样。对了,现在她看到的正是高达百万度的等离子火焰——日冕。

面前某种屏障似的东西挡住了太阳,日冕从遮挡物的上端放射出来。

亚纪急于想看到遮挡物的另一面是什么样子,于是在窗户旁不断变化观察角度,但遮挡物始终保持着相对静止。

窗户外面真有这样的东西吗?亚纪感叹着,突然察觉自己被以前看过的那些经过处理的图像欺骗了。她用半生的时间孜孜以求的东西，就在那里。

那就是圆环。本以为它会是银色的，但现在亲眼所见，它却呈现出无限的黑暗，与宇宙本身一样。

亚纪忘我地观察着这一切。

眼睛渐渐适应环境之后，亚纪才发现，圆环并非完全黑暗。

圆环上反射的星光摇曳着，就像轻风拂过的草原。

之所以会产生这样的效果，肯定是由于太阳风的缘故。太阳风作用在圆环各个部分的压力是不同的，所以造成圆环变形，映照在这个镜面上的星光也变得摇曳不定。

亚纪想起地球上也存在类似的现象——极光。太阳风沿着漏斗状的地球磁场汇聚到南北两极，与高层大气摩擦发光。

现在眼前的场景，也是太阳风造成的奇观。只是这里的太阳风没有汇聚在一起，所以展现这一奇观的"银幕"宽度是地球直径的二十倍以上。正是因为有这样的舞台，闪耀的星光才呈现出如极光般不可思议的模样。

睡舱那头传来了声响。

亚纪知道那是马克。通过气味便能辨认出是谁的睡舱打开了。

"换我看看可以吗？"马克问。

"没问题，来看吧。"亚纪将直径二十厘米的狭小窗口让给了马克。

"终于来到这个地方了。"轮机员入迷地观察了一会儿，转过头来对亚纪打趣道，"敢情那个漆黑的圆环就是你的结婚戒指？"

"我想尺寸已经不合适了，我这半年可长胖不少。"

亚纪罕见地开了个玩笑，马克嘻嘻地笑了起来，然后感慨颇深地朝窗户瞥了一眼。

他没有趁机将自己同亚纪的关系拉进一步。如果要亲热的话，他们可以两个人使用一个睡舱。半年以来，马克已经婉转地向亚纪表达了自己的求爱之心，有一次甚至表示"不用担心避孕的问题。"

马克真诚直率、深谋远虑、细心体贴，而且体态健美，横看竖看似乎都挑不出什么毛病。

但正是因为马克如此完美，亚纪才会总是拒绝他。十年的研究生活中，亚纪一直压抑着自己的欲望，一旦释放出来，不知会产生怎样的后果。对此亚纪深感恐惧。在如此紧要的关头，她不希望自己分心。

亚纪知道几位男性船员会在私下谈论自己。亚纪心里很清楚，大家都把她称作"同圆环结婚的女人"。

马克再次将视线投向窗外。

"别看我只是个轮机员,在核潜艇上服役的时候,我考虑了很多事情,应征船员之前也仔细想过。这艘战舰可能会让世界末日提前来临,要知道这是可以代替核反应堆的危险家伙。看样子我似乎与世界末日很有缘分。"

"世界末日不一定会来。"

"当然。只要破坏了圆环,人类就能够继续生存下去。这回我们的敌人不是人类,这是有史以来第一次不用担心同类相残的战争。"马克微笑道,"所以我毅然报名应征,这份工作实在太酷了,尽管一开始我根本不知道怎样才能破坏那个东西。"

"我们的工作就是要找出破坏它的办法。"

马克瞟了一眼亚纪,"你应征的理由似乎比较复杂。"

"假设你在同意大利打仗,你能往乌菲齐美术馆①扔炸弹吗?"

"如果那里的绘画和雕像威胁我们,我就会扔。"

"是吗？你的工作真是太酷了!"

可能是为了给看到圆环后的火热劲头降降温吧,亚纪居然开始语带嘲讽起来,连她自己都感到意外。本来,在狭小的空间中共处最忌讳的就是争执。

---

①佛罗伦萨的艺术博物馆,藏有世界上最精美的意大利文艺复兴时期的绘画。

马克似乎并不打算走开，而是满脸堆笑，平静地问道："那你能教我怎么做吗，亚纪？我该怎样做才能将圆环当作美术品来观赏？"

"我们对圆环一无所知。我们必须抱着想去了解它的愿望。换成是绘画和雕像，也是同样的道理。我们不知道圆环上有什么，不知道建造圆环的目的何在。我们在这样一无所知的情况下就要将它破坏掉，这简直让人无法接受。"

"是吗？"这两个字像是从马克牙缝中挤出来的。

"先试着去了解圆环吧。这么一来，人生也会变得丰富些，不是吗？"

三天之后，无人探测器开始对圆环做第一次切断实验。

画面下方是喷射嘴的特写图像，上方则是显示整个无人探测器的一个缩小图像。

无人探测器以自由落体的方式到达距离圆环二十米的外围区域，NERVA Ⅱ引擎开始喷射。画面中心充满了亮光，整个画面变成了一片乳白色。不过，很快光度调节装置启动，汹涌的光流黯淡下去。

无人探测器略微倾斜，避开直射的阳光，开始水平移动。核动力引擎喷射出的气流开始像切黄油一样切割着圆环物质。

"很好。提高无人探测器的移动速度。佩尔和亚纪注意观察圆环被切断之后的变化。"舰长命令道。

"明白。"

亚纪调出了从母舰上拍摄的俯瞰图像。

被切断后落向喷流下方的圆环开始缓缓恢复到原来的高度。

圆环的抗打击能力真强。

如果圆环是紧绷着的话，那肯定很快就四分五裂了。但现在看来，在光压和自身重量的均衡作用下，圆环即使断裂了也不会对周围造成影响。就算遭到地毯式的猛烈攻击，满身遍布窟窿，圆环仍然可以恢复到原来的位置，开始自我修复。

"目前看来，圆环还没有开始自我修复。"

"被切离的部分能够自动回到原来的高度，这里头有什么机关？"

这其实只是简单的力学问题。在光压和引力的共同作用下，圆环的高度既稳定又非稳定。高度的变化会导致两种作用力大小的变化，失衡的作用力会将下沉的圆环往上抬，只要来自太阳的上升力足够强，就能使圆环物质回到原位。

"具体来说，是改变了日照面的日光反射率吧，只需单纯地调整日光反馈强度就行。不必动用分光计观测就能得出这个结论。"

佩尔在遥测仪的显示画面上做着记号。

"在喷射作业下果然很难检测电子对湮灭①啊⋯⋯"

"我这边倒是顺利得不可思议。无人探测器现在正以每秒五百米的速度切割圆环,一周之内就能够到达圆环的南端。"舰长通告道,"本舰很快就要到达圆环被切断的地方了。到时候你们打算做什么?"

"我想仔细观察圆环是如何自我修复伤口的。"佩尔说,"并不是打几个小洞,而是整个被切断,我想看看这种情况下它会怎样进行修复。"

"你就没设想过它不能进行修复吗?"

"小行星如果从与圆环面平行的方向撞来,其效果与这次切割一样。尽管遭到小行星撞击的可能性很低,但如果圆环没有应对这种状况的机制,那从设计上讲就是不完善的。"

"你说的有道理。"舰长表示认同,"关键是修复速度。如果能在修复完成之前攻占下'岛'就好了。"

"我们也去帮着切割圆环吧。"马克提议道,"母舰先行抵达圆环南端,从对面同无人探测器展开相对作业,这样就能节省两天零四个小时的时间。"

"这是隧道挖掘过程中经常采用的方法。但我们的燃料够

---

① 正负电子相互碰撞发生湮没而产生中微子对的过程。

用吗?"

　　"已经检查过,没有问题。"

　　"我们在中央会合后一起向'岛'进发吗? 好吧,就这么办!"

　　"在这之前,可以继续进行切断部位的调查吗?"

　　"当然可以。"

10.　2022年1月28日

高度三千米。无人探测器两小时前切开的圆环裂口已经分开有一千米宽。

圆环被切开的断面在太阳光下像荧光灯一样闪烁着,比纸还薄的圆环竟然能有如此的光辉,似乎可以证明那里正孕育着什么。

"就像用毛皮镶了边一样。"亚纪发现,高倍望远镜中,圆环端面长有无数的纤维,如同纯白的兔毛。

"那是菌丝吧? 不过恐怕相当巨大。"佩尔说,"菌丝切断了还会再生,触碰到别的物质之后就会粘连、扩张。它们遵循着简单的生长逻辑。"

"注意不要让它们被引擎喷射出的气流烧焦了。我想观察它们真实的模样。"亚纪说。

"交给我好了。"马克慎重地操作战舰缓缓下降。

高度五百米。

垂直下方的菌丝群落缓缓摆动起来。是因为飞船的影响吧。

"果然还是被烧焦了吧?"亚纪问。

"但那个位置没有被喷气喷射到啊。喷气是分岔的,那个位置刚好就在两股气流中间。"马克说。

"可是,无人探测器那样摇摇晃晃的——"亚纪本想接着说下去。

"船长,我想我们应该立刻撤离!"佩尔尖声道,毫不停顿地进行说明,"紧急警报,我们很可能遭受菌丝感染。"

"快撤,马克!"舰长命令道。马克没有复述命令便立刻提升了战舰的推力。

亚纪感到后背一阵疼痛,像是有记事本之类的东西被夹在了后背与船舱之间。

战舰瞬间上升到十千米的高度。

"请详细解释一下吧,佩尔。"舰长说。

"菌丝正在瞄准我们。"

"说明白点。"

"如果菌丝是对准太阳外的热源成长的话，那就应该会指向我们的战舰，对吧？"

"那感染的征兆呢，马克？"

"现在还没有警报响起……容我先去仔细调查一下。"

"刚刚战舰与圆环的距离有五百米，应该没事吧？"

"菌丝可是连一千米宽的缝隙都能重新粘连上呢。"

"这样啊……"

"传感器上显示的促动器数值很奇怪。"马克说。

亚纪倒吸一口冷气。

"这种程度的数值不是挺常见吗……"

传感器需要监测全舰各区域的工作状态，显示的数据数以万计，时常会有显示异常的报警发出。

"不，这回不是闹着玩儿的。看样子该轮到我出场了。"马克平静地说道。

"或者我们再等等，先看看情况？"

"就算弃掉一个促动器仍然可以继续执行任务，但如果应急系统遭到感染可就糟了。别担心，我去快速检查一下，只要没有异常就立刻回来。"马克说。

如果发现异常的话，就要到运转中的核反应堆旁两米远的地方工作两个小时，将遭到污染的部分丢弃掉，自己也无法再返回舰内。

"等等，马克。没必要出舱检查，只要将可能受感染的引擎丢弃掉就可以了。只用剩下的一台引擎也可以继续执行任务。"

"但如果连最后一台引擎都被感染了的话就完了。"

"可是……"

"引擎只有两台，但人却有四个。"

马克曾说过，"轮机员有轮机员的工作。"这句话的含义，亚纪现在才真正领悟到。

"全体到公共区域集合。"舰长命令道。马克站在气闸前，已经穿好了降温内衣。

马克与另外三人轮流拥抱。

"能吻吻你吗？"马克来到亚纪面前时问。

亚纪没有回答，直接将嘴唇凑了上去。马克的舌头进入亚纪口中，舔了舔她的舌头。亚纪难以自持，正要热烈地回应，马克却主动中止了亲吻。

马克穿上坚硬密封的太空服，检查了装备，进入气闸。在内门关闭的那一刻，他竖起了大拇指，朝同伴们露出微笑。

三个小时后，马克汇报说已经完成了修复工作，遭到污染的部分全被弃掉,剩下的就只有自己了。

亚纪什么也说不出来。

"剩下的时间,请你自己安排吧。"舰长回答道。

轮机员向舰长致谢,提出了最后的要求:"我想亲眼看看圆环到底是个什么东西。"

图像继续通过马克头盔上的摄像机传来,被抛弃的引擎渐渐远去,越来越小。

马克利用背包的喷气,一点点靠近位于下方十千米处的圆环。

头盔摄像机传回来的画面,已是无法辨识的无边宇宙。

但不久后,反射着阳光的圆环显现出来,充满了整个视野。

"圆环的表面就像银色的天鹅绒⋯⋯在喷气的作用下微微起伏⋯⋯还有三米⋯⋯现在已着陆。"

然后便只能听见马克紧张的喘气声。

"真是壮美绝伦的风景啊。一望无际、平坦如镜的平原⋯⋯不,不是平原,是洼地。我现在的体重只有一千克,但还是陷入了镜面之中,感觉仿佛是踏在了软垫上。"

腕部的显示屏上突然出现了警报:马克·里德利/宇航服/气体泄露。

"侵蚀好像开始了。鞋子外侧正在变色⋯⋯蛛丝一样的物质开始缠绕我的身体。蛛丝似乎可以自发移动……纤维伸入宇航服里了。感觉像是抱着猫咪一样。宇航服似乎停止减压了……感觉不到疼痛……"

马克仿佛正在陷入昏睡。

"亚纪,你在听吗?"

"听着呢,我听着呢!"

"抱歉啊……我还有好多话想跟你说……"

"我都知道,你别再说了!"

两分钟后,再也无法接收到马克的宇航服发出的信号了。

然后,UNSS"法朗克斯号"的望远摄像机拍下一幅画面:在圆环洼地的中央,出现了一个茧。亚纪发现茧逐渐收缩,不忍地背过脸去。

自己究竟在渴望什么、在追求什么呢?

直到四十小时后,亚纪才知道答案。

亚纪爬出睡舱,通过舰内通话线路呼唤同伴。

亚纪握住两位男船员的手腕,举起手来摩挲着自己的脸颊。三人相互拥抱着,亚纪像孩子一样大哭起来。

11. 2022年2月2日

UNSS"法朗克斯号"对圆环进行了第一轮炮击。核导弹朝着圆环地平线对面四百万千米处的"岛"飞驰而去。

与预想的一样,导弹在绝对防卫线上遭遇激光炮袭击,瞬间报废。宇宙战舰发起攻击的目的就是为了吸引激光炮的火力。

伴随炮击而放射出来的强大电涌冲向战舰,损坏了舰上近半数的电子设备。应急处理完毕后,无人探测器与UNSS"法朗克斯号"开始向"岛"进发。

亚纪穿上气密服,在睡舱里固定好身体,凝视着打头阵的无人探测器传回来的红外线图像。

圆环仿若灰色的平原,不同部分稍有浓淡的变化。

不一会儿，地平线上出现了一条明亮的线。那就是"岛"。

"无人探测器即将进入激光炮的射程之内。成败与否，在此一举。"

亚纪和佩尔预计，激光炮再次充能完毕需要一百四十七小时。

这完全是基于推测得出的判断，没有任何保证。

五分钟之后，佩尔打破沉默道："激光炮没有发动攻击。"

"果然还在充能啊。"

"继续航行下去吗?"

"没有理由放弃。"

五小时后，UNSS"法朗克斯号"进入激光炮射程之内。

没有炮击。

无人探测器已经抵达了"岛"的正上方。

舰长减慢无人探测器的前进速度，使其朝"岛"下降。

亚纪远程操作着无人探测器上的摄像机。

岛位于与圆环垂直的三百米高的断崖之上。从地球观测，"岛"是圆形的，但从战舰现在所在的角度看来，它其实是一条直线。

断崖顶端，一片像镜子般平坦的平原赫然展开，一直延伸到地平线的远端。

与其称它为"岛"，还不如称它为"大陆"。

"岛"的另一端位于视野之外、距战舰大概十三万千米的彼方。如果计量仪器没有问题的话,光是可见的范围便是地球直径的两倍。

放大图形观察细节,就会发现"岛"的表面遍布规则的网眼。将图像放大到最大后就会发现,那些网眼的构造类似于蜂巢。

它们是直径约四米的六角柱的集合体,表面被透明的物质覆盖。

"就像是塞满蜂蜜的蜂巢。"佩尔嘟哝道。

摄像机的镜头慢慢移动,"岛"的外缘进入视野。

那里并没有什么特征可言,只是在蜂巢结构的外侧有数米宽的灰色边缘包裹着。既没有可以搭手的栏杆,也没有步道,更没有紧急出口。

摄像机沿着断崖的边缘高倍速推进,发现远方有灯塔模样的突起。

"那是望远镜吗?"

"不,应该是激光炮炮台吧。"

舰长操作无人探测器慢慢靠近。

那东西看上去就像是架在三脚架上的矮胖望远镜。根据长度测量仪测定,它的口径足有足球场那么长。炮口中有描绘着致密同心圆的准直仪器。

这里也没有门。外星人的无缝技术十分精湛,所有地方都光滑平整。

仔细观察细节后发现,在炮身上端有一个炮台模型一样的小东西。

"那个小东西是光学望远镜吧?"

"有道理。这台望远镜就是用来瞄准靠近'岛'的物体的。"

再仔细观察图像的背景部分,九千千米之外有着另一个相同模样的物体。可以想象,"岛"的边缘处等距离环绕着一组激光炮。

"好了,各位,"舰长说,"到了做决定的时候了。去还是不去?"

"去。"亚纪立即回答道。

"没有理由不去。"佩尔接着应道。

"很好,目标炮台底部,本舰要做最后一次靠近尝试。亚纪,做好舱外活动的准备!"

"明白。"

亚纪离开睡舱,开始穿着宇航服。

两天前,亚纪就已经说服了舰长和佩尔。

她将代替马克执行任务——她将亲自踏上"岛"的表面,调查其构造，如果可能的话，还要取回样本。

亚纪推测自己被感染的可能性很低。

圆环物质之所以没有炮台保护，是因为它具有自我修复的能力。

相反，"岛"之所以被炮台守护着，是因为它无法自我修复。

虽然这样的假设很不成熟，但亚纪却坚信不疑。

涡虫被切断之后可以再生，但人却不行。如果让"岛"这样复杂高等的结构也具备自我修复的功能，那成本就太过高昂了。

参与建造和维护"岛"的纳米机器可能现在还在它的表面徘徊，但它们并不会像圆环物质一样盲目活动。

"舱外活动准备完毕。你们不用送我了。"亚纪走入气闸，来到舱外。

UNSS"法朗克斯号"将舰尾朝向圆环面，继续喷射细微的气流。

战舰距圆环五百米。

亚纪抓着把手，探出身体，寻找前进的方向。

环绕在"岛"外围的断崖屹立在约两千米之外的地方。崖边同样耸立着"炮台"。

亚纪的目光落在正下方的圆环面上，不禁倒吸了一口冷气。

红色的光点！

但她很快回过神来：镜面朝向天球赤经①六点方向，也就是说，她看到的是猎户座α星②的倒影。

战舰缓缓地水平移动着，来到"岛"的正上方。

泛光灯的光环横穿激光炮台。炮台周围朦朦胧胧的灰白色被一扫而空，露出了绵延无尽、状如昆虫复眼的"岛"组织。

"我要下去了。"

"祝你好运。"

亚纪的身体脱离静止的战舰，来到了太空中。

亚纪利用背包喷射的气体，水平移动起来。

NERVA Ⅱ型引擎的喷射气流来自核反应堆的冷却液，辐射极大，必须竭力避开。尽管宇航服上的辐射计数器的数字正在疯狂攀升，但还没有达到致死的程度。

最初的一分钟，亚纪自由下落了一百五十米。

亚纪一面看着身旁高高耸立的激光炮，一面谨慎地放缓下落的速度。

她降落在灰白色的地带，脚仿佛踩在打磨光滑的大理石上。

在这样的低重力环境中是无法步行的。气流保持着微弱的喷射，亚纪朝旁边六角形蜂巢飞去。

---

① 天文学使用在天球赤道坐标系统内的坐标值之一，通过天球两极并与天赤道垂直。

② 又名参宿四，一颗处于猎户座的红超巨星。

"洞穴直径有四米。内壁是平滑端正的圆柱镜面……洞穴相对于圆环面略有倾斜,并不是笔直的。"亚纪朝洞穴内部看去,"在深一百米左右的位置似乎有什么东西,你们能看见吗?圆柱的中央,有一个靠三条支架支撑的圆盘。"

"只能认为那是反射望远镜的副镜。"佩尔看着亚纪的头盔摄像机传来的画面回答道。

"这样说不通。"亚纪提出质疑,她对望远镜相当了解,"如果是望远镜,圆柱内壁就应该是黑色的,以便吸收扰乱观察的多余光线。但这里的圆柱内壁却全是白色的。"

"这么说,这不是吸收光线的装置,而是发送光线的装置。"

"这是激光发射装置?全部都是?"

直径十三万千米的激光发射装置,木星直径那么宽的光束!

"为什么要建造这样的装置?不是已经有炮台了吗?"

"很可能是通信用的。"

"但那也太大了。"

"还有可能是用于推进激光帆船的,但飞船在什么地方呢?"

是不是现在才开始建造飞船呢?但如果是飞船,它究竟要载什么东西呢?

太阳系并不具有特别丰富的矿物资源。

如果外星人对地球生命和人类文明感兴趣的话,就不会像现在这样毫不在意地摧毁地球文明。很容易就能推想出,在这个位置放置圆环,会对行星系天体的日照产生巨大的影响。

"唔,亚纪,会不会是这个原因呢?"佩尔的声音都走调了,"船队正从外头赶来,这个东西就是减速用的。"

"减速?"

"你还不明白么? 外星人组建了庞大的激光帆船船队,正朝这边前进呢。"

"什么?"亚纪突然转过身,朝装置指向的方向看去。

猎户座α星、β星①、大星云②、巴纳德环③。

灿烂的群星当中,有一颗就是外星人的母星。

那里肯定也有这样的装置。将激光照射到飞船船帆上作为推力。只要能制造出轻盈、巨大的船帆,飞船就既不需要引擎,也不需要燃料,效率极高。对于能在眨眼之间建造出圆环的外星人来说,发明这样的装置简直易如反掌。

可是,激光帆船有个缺点,就是无法在目的地停下来。

"我曾经读到过类似的设想。"舰长谨慎地反驳道,"有一个叫

---

① 又名参宿七,全天最亮的二十颗恒星之一,又是最亮的蓝超巨星。

② 一个位于猎户座的弥漫星云,距地球一千六百光年,为最接近我们的一个恒星形成区。

③ 位于猎户座的一个发射星云,距地球约一千六百光年,横跨约三百光年,是猎户座分子云复合体的一部分。

弗沃德的科学家曾经提出过建造可以在目的地停下来的激光帆船的方案。如果能付诸实施……”

“那个设想漏洞太多。激光束的强度与发射距离的平方呈反比，所以激光束走的路线越长，衰减得就越厉害。要想到达目的地，激光束就必须具备足够的强度，而且不宜射向距离过远的目标。”

“听起来很有道理。”

“要实现这样的设计，就必须使用纳米技术。只要运载纳米机器的飞船的速度稍高于主力部队的速度，就能先于主力部队几十年到达目的地。纳米机器降落到靠近太阳的行星上，自发进行自我繁殖，并实施建造工程，为迎接船队的到来做好准备。”

“佩尔，你说过是庞大的舰队吧——”

“光束的宽度和木星直径一般大小，你是想说这就是突破点？”

“啊……”

“亚纪，请立即测量激光发射器的光轴。这是重要的调查事项。”舰长指示道，“听见了吗，亚纪？”

亚纪回过神来，“嗯……光轴是吧，激光发射器的光轴？”

“冷静！手持摄像机的陀螺仪还能使用吧？请尽量测算出正确的数值。”

"明白了。"

亚纪将精力集中在任务上。

计算出来的数值传回战舰,星表[①]检索开始进行。

检索结果是LCC5370。距离太阳系四十四光年。光谱K3V,比太阳稍红。峰值在可视范围之内。可能是红矮星或者双星,也许存在着行星。现在知道的仅此而已。

亚纪拿着等离子喷枪切下几片"岛"物质,放进容器中。容器有三层,一旦出现感染的征兆就会发出警报。"岛"物质是绝对不会被圆环物质感染的。只要能搞清楚其中的免疫机制,就能更顺利地接近圆环物质。

亚纪绕着激光炮台采集样本。她没有时间调查能发射高能伽马激光的装置,而是仔细调查了炮台的瞄准望远镜。这个望远镜与公共天文台的望远镜并没有太大的差别,看上去很熟悉。长短两只镜筒架在一起,看样子具有广角和望远两种功能。

不过总感觉缺了什么,亚纪发现这架望远镜并没有调整光轴的螺丝和备用检查口。

这就是外星人的技术产品。

在转身离开之前,亚纪再次看了一眼这架装置。

---

① 记载天体各种参数(如位置、运动、星等、光谱型等)的表册。

她心中隐约浮现出一个想法。

"亚纪,你做得很好。现在撤回吧。"

"明白。"

亚纪刚要打开背包上的喷气开关,手却停了下来。

那个想法越来越清晰了,在她的脑海中挥之不去,已经不能简单付诸一笑了。

"亚纪,你说它们是不是已经出发了?"佩尔问。

"你是说外星人?"

"我是这么想的。"佩尔答道,"这么庞大的工程完成之后是不可能长时间放置不用的。外星人肯定已经在赶来的路上了。"

如果破坏了减速激光的话,它们就会径直通过太阳系,永无止境地继续没有终点的航程。

可是——

自己是可以做到的。自己可以将"岛"和圆环一起破坏掉。

对此,亚纪很有把握。

"亚纪,没有时间了。激光炮随时都有可能完成充能。"

亚纪心中一直有一个梦:与外星文明相会。

它们没有恶意,只是抱有不同的价值观而已。

已经没有时间把圆环从黄道面移开了,地球已经坚持不了多久了。

是该现在就破坏掉圆环,还是继续保留它呢?

该怎么办,该怎么办才好?

这时,马克的声音又回响在耳畔。他不会犹豫,不论什么时候,他都明白自己的工作是什么。

"亚纪,听得见吗? 赶紧撤离!"

"再给我一个小时,不,三十分钟就够了,可以吗?"

"你已经出色地完成了任务,赶紧撤回来。"

"我想验证一下我的新想法,拜托再给我一点时间。"

12. 2022年2月23日

UNSS"法朗克斯号"踏上了返回地球的漫长旅途。

离开"岛"二十天后,在距圆环八百万千米的地方,猎犬般忠实的无人探测器开始执行最后一道命令。

无人探测器掉头再次朝"岛"靠去。

三人在各自的睡舱中,观察着从无人探测器上耗时三十秒传来的远视图像。

"OK,炮台开始有反应了。看来亚纪的推测是正确的。"

激光炮开始瞄准无人探测器。

圆环被切断的部分已经完全复原,炮台肯定也已经充能完毕。

无人探测器抵达了绝对防卫线。

画面突然受到干扰，然后信号便中断了。

战舰再次遭到电涌的袭击。幸亏距离圆环已经相当遥远，勉强撑过了这波冲击。

三人将目光投向重新恢复传送的画面上。

"岛"沿着一条白炽的缝隙断开。

瞬间气化的物质化为冲击波，将"岛"击碎，巨大的裂纹随之扩散开来。

瞄准望远镜果然瞄准了接近"岛"的无人探测器。

可是，炮口却对准了"岛"自己。

在离开炮台之前，亚纪用等离子喷枪切下了瞄准望远镜，调整角度后又重新焊接起来。

亚纪的直觉是正确的。外星人制造的器物总是完美无缺的，所以不需要设计自动防故障装置。

虽然速度缓慢，但"岛"的确已经开始崩塌。

支撑自身重量的推力应该大幅衰退了——四分五裂、丧失稳定性的"岛"缓缓倾斜，最终倾覆，带着闪耀的圆环本身，像献祭一般，朝太阳落下去。

圆环被太阳吞没的模样，仿佛是地狱之门被打开一般。在火红的日珥中,圆环物质被分解到原子层级,演变为等离子风暴,从太阳中喷薄而出。膨胀的波纹眼看着就抵达了太阳系边缘,融入恒星间的深渊之中。

这样的风暴给圆环以致命一击,使其再也无法复原。

天体保持势能的最稳定的方式是轨道运动,太阳系所有的星体都选择了这样的方式。一旦进入轨道,即使自己崩溃了,也不会落入太阳。

圆环本身具有极强的自我恢复能力,所以它的定位机制不具备这样的耐性。崩溃开始之后,它便轻易地坠入了日珥中。

舰长将亚纪和佩尔叫到公共区域,打开了悄悄带上战舰的蒸馏酒的盖子。

"现在还不能说人类就获救了。只要水星上的自动工厂还存在,它就可以再次制造相同的东西。"

"到时候我们又来把它毁掉即可。水星上的物质总有耗尽的一天吧。在那之前,我们肯定能找到攻占水星的办法。"

"向拯救人类的勇士们,干杯!"

吸入容器间响起了碰撞的钝音。

用这种东西喝酒,真是太不风雅了。亚纪将容器中剩下的酒滴挤到空中,那就像一颗琥珀色的玉。闻了会儿酒香后,亚纪的舌头舔掉酒滴，全身为之一振。

"虽然每次都能用同样的方法摧毁圆环，但如果外星人吸取了这次的教训……"

"我们也会寻找新策略。毕竟我们也是智慧生命。相对这一点，我更担心外星人的船队。"

地球上已经传来了各种各样的观点。

就在天文考古学者快要放弃的时候，不知疲倦的搜索软件发现了线索。西方将天文异象视为禁忌，东方却忠实地记录下了每一次异象。经过对古代书画进行无数次筛选之后，中国明朝的一本《农耕志》进入了学者的视野。

永乐二十二年（1424年），参星——即猎户座三星——的旁边突然出现了一颗异常明亮的新星。这颗亮星在天空中一直持续出现了十四年，然后突然消失。

如果外星人来自猎户座距离地球四十四光年的那颗星球，那么外星人离开他们的母星、踏上征途的时间应该是1380年左右。

如果减速激光即刻启用，那船队应该于2036年在太阳系停下来。

长达六百五十年的旅程。

如果它们的巡航速度是光速的6%，那么现在它们距离太阳系还有0.4光年,应该已经抵达了奥尔特云①。

结合它们的抵达速度和推算出的激光加速性能,就能大致估量出船队的规模:五百艘相当于埃兰德Ⅲ型太空基地的飞船,可以容纳数亿人类。

减速失败之后,船队最早会在八年后通过太阳系。经历漫长艰难的旅程后,却错过了终点站,它们想必会懊恼万端吧。

"如果外星人能乖乖地通过太阳系,不给我们惹麻烦就好了。"金得利斯舰长品尝着美酒,惬意地说,"它们很快就会知道有人破坏了减速激光吧。"

亚纪突然感到喉头一紧。

舰长道出的只是事实,但亚纪心中却难以平静,像是有无数的怒号要从喉咙中冲出来似的。

它们的目的既不是探索,也不是交易。外星人在没有派出先遣队的情况下就组建了大船队。

盲目无谋的,对生命的执着。

"我们没有把它们看作智慧生命。激光炮仅仅是为了防御靠近的流星体,它们并没有试图侵略我们。所以……"亚纪的眼中

---

①大量彗星成群集中在离太阳两万至十五万天文单位的区域所形成的彗星云。

涌出了泪水，"所以我做的事……"

"别想太多。"舰长用大手扶住亚纪的肩膀，"我们活了下来，这就足够了。"

模糊的视线中，马克的脸庞又浮现出来。

这个献出自己生命却不求任何回报的男人，又静静地微笑起来。

人类是善于自我欺骗的动物。如果马克还活着的话，他肯定也会说出同样的话吧——

我们活了下来，这就足够了。

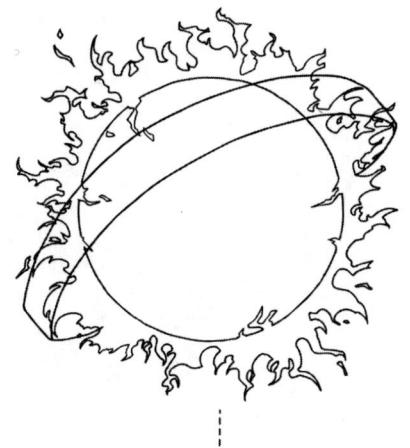

第
二
部　　直
接
接
触

第一章　心智理论

1.　2024年3月11日上午9时

　　飞机离开休斯敦时天空万里无云,降落时却大雾弥漫。

　　一辆黑色的豪华轿车正静候在奥克兰①机场外。亚纪皱了皱眉,这种车的耗油量比普通商务车大三倍。在饱受饥饿与骚乱折磨的当今世界,这种车竟然能存留下来,真让人吃惊不小。

　　亚纪对迎接她的人说:"谢谢,但我觉得没必要如此铺张。"

　　"现在正值地铁最混乱的时段,安全也无法得到保障。"

　　"我对拥挤的忍耐能力比一般人都强,在东京早就习惯了。"

---

　　① 美国加利福尼亚州西部城市,位于旧金山湾东岸。

亚纪没有带任何保镖。联合国宇宙防卫军给她配了秘书，但这次她是独自前来的。尽管亚纪主张低调节约，但她既是宇宙防卫军的特别顾问，也是诺贝尔和平奖的得主，不论走到哪里，她都会被笼罩在"地球救世主"的光环之中，所以有时她也不得不妥协。

四车道的高速公路上空空荡荡的，司机一副对浓雾毫不在乎的样子。

"附近雾很大啊，以前就是这样吗？"

"是从去年突然开始的，不过平常还很晴朗。"

的确如此，来到伯克利丘陵地带的时候，大部分浓雾已经消散。举目远眺，旧金山湾尽入眼帘。

销售电子产品的街道上，大部分商店还是门窗紧闭。但贩卖特色产品的露天小店比以前增加了不少，街市正在逐步恢复以前的繁华。

轿车开进加利福尼亚大学伯克利分校，经过左侧的萨瑟塔①，缓缓行驶在校园的车道上。

不久便看到了 ETICC②的标志，与周围设计精美的校舍相

---

① 仿威尼斯圣马可广场钟楼建造，加利福尼亚大学伯克利分校的标志性建筑。

② Extraterrestrial Intelligence Communication Center，地外文明通信中心。

比,地外文明通信中心从外表上看只是一座普普通通的四层建筑。

不过,它的四周都筑有栅栏,出入口都有荷枪实弹的士兵把守。这里也是联合国宇宙防卫军的军事设施。亚纪从手袋里取出身份识别卡,佩戴在胸口。

地外文明通信中心是两年前为了与外星人进行沟通而设立的专门机构。圆环出现后的十六年里,人类一直试图与圆环和水星上的外星人对话,但两年之前,人类知道圆环的作用是发射减速激光以后,就将注意力转移到了激光瞄准的方向上。

地外文明通信中心配置有功能强大的超级计算机,并以此将全球观测外星飞船的天文台联系起来,组成一个庞大的观测网。随着地球的自转,世界各地的天文台交替将望远镜对准猎户座的一点,不停地发送并接收相关信息。人类重新在轨道上修建的激光发射装置,会不时发射出强力的激光束。当然,这一装置发射的激光并不是为了帮助外星飞船减速,而是为了能在适当的时机同外星人建立通信。

亚纪在地外文明通信中心的主任室里与丹·里金斯主任握了握手。虽然里金斯比亚纪年长二十岁,但他的目光中仍然蕴藏着敬意以及一丝戒备。

　　该选择怎样的话题开始才比较自然呢？亚纪经常受到各国政要的接见，所以也学到不少交际技巧。但这次的对象是科学家，应付官场政客的那一套不用也罢。

　　"我这次来不是为了检查你们的工作成果，而是出自个人原因。我想要了解为什么你们至今无法同建造者沟通。"

　　主任的脸上浮现出礼节性的微笑，但眼睛还在不停地打量着她。亚纪接着说："有许多科学难题，人们总希望明天就找出答案，但往往越想越迷茫，深陷其中无法解脱。你们现在就遇到了这样的情况吧？"

　　一语中的，主任连忙请亚纪到沙发就座。

　　"要不要喝点东西？"

　　"沛绿雅①。"

　　主任拿来两个玻璃杯，在亚纪的对面坐了下来，"在SETI研究初期，我们的前辈也跟几年前的我们一样乐观。当然，我并没有参加过那时的研究，是我的恩师告诉我的。"

　　"你是指奥兹玛计划②吗？"

　　主任点点头，"如果地球外存在高度发达的文明，为了让我们察觉到它们的存在，它们肯定会发射无线信号。尽管不是所有的

　　① 一种法国有气矿泉水。
　　② 射电天文学家弗兰克·德雷克把他于1960年发起的搜寻地外文明计划（SETI）称为"奥兹玛计划"。

星球都有可能产生文明,但至少百万分之一的概率是有的吧,而仅仅银河系就有数千亿颗恒星。SETI存在的目的就是为了接收来自外星文明的电波——哎呀,我说的这些对你而言太简单了吧?"

"不,我毕竟不是专门从事SETI研究的人员。"

"SETI研究刚开始的时候,谁都没做过这样的事,所以大家都抱有极高的期待,觉得只要将天线对准天空,就能立刻获得有用的信息。可是,研究开始后的四十年里,没有接收到一条可以准确判定为来自外星文明的信号。除了接收电波之外,我们还进行了光学观测。我们一直认为通过电波和光这样适合远距离传输的媒介会最先找到外星文明存在的证据。"

"结果在你们一无所获的情况下,圆环就出现了。"

"是的。本以为首先抵达的是通信信号,结果先来的却是外星实物。SETI的学者们颜面尽失。幸好由于你的活跃,人类首次证明了地球外的确存在智慧生命,而且确定了它们的位置——距离太阳系0.4光年,和我们如此接近。这是SETI学者们挽回名誉的良机。这一距离凭借我们现有的技术就能实现信息交换。我们曾乐观估计,发射信息十个月后,就能获得某种形式的反馈。"

然而,现在距离理论上能够获得反馈的时间已经过了一年多。如果一切顺利的话,本可以进行两次信息交换了。

"也不能断言通信已经失败。或许实际情况相较于主任所参照的日程表会有所偏差。"

"我也希望这样。可已经过去两年,我们还是没有得到任何消息。这是预计时间的两倍半啊。"

"我能问一个老生常谈的问题吗?"

主任点点头。

"外星人是否有可能没有察觉我们发出的信息?"

"我觉得这不可能。"主任的语调并不坚定,"如果信息只是通过电波传播的话,那还可能没有收到。但我们还动用激光传递了信息。外星飞船肯定在搜索减速激光的光束,不管激光的瞄准精度有多高,在传输0.4光年之后都会发生误差和扩散。外星人必须搜索光束,寻找到光压最大的位置,对飞船加以引导。"

"从远处看,我们的激光应该与太阳重叠,对吧?"

根据中国明朝的文献推断,用于推进外星飞船的光束应该是可视光,其光波波段达到了太阳亮度的峰值。

"是的。"主任回答道,"但激光是单色光,能形成光谱中最强的峰值,从一定的距离观察,甚至比太阳光还要强烈。所以我们的激光不可能被太阳光掩盖。"

亚纪点点头。地外文明通信中心发射的激光经过巧妙设计，不断变换着光谱发射信息。就算外星人只关心某个特定的波段，它们也必定有机会探测到人类发出的信息。

"那么，下一个问题，外星人有没有意识到激光中承载了信号？"

"就算减速激光能顺利运作，激光也仍然可能被彗星或者别的什么东西遮挡住，所以外星飞船肯定会按照时间序列监视激光经过区域的各种信息。"

"嗯。"

"如果激光时断时续、形成有规则的脉冲的话，外星人应该会对造成这一现象的原因感兴趣吧？"

"无法想象外星人会怎么想。"

"虽然在自然条件下也存在单纯的重复型脉冲信号，但我们的脉冲信号具有更高级的格式，带宽也要广得多。"

如果换作地球人，肯定会对这样的信号感兴趣——我们肯定会记录下脉冲信号，按照时间轴排列出来，研究信号中包含的信息。

然而建造者对地球文明漠不关心，它们的态度令人匪夷所思，这明显与智慧生命的本能相违背。所谓智慧生命，难道不是应该对未知事物充满好奇么？有能力尝试星际航行这样的壮举，却对目的地毫不关心，这怎么说都不大可能。

"有没有人提出理论解释建造者的这种漠不关心的态度?"

"虽然有理论,但都不具备决定性的说服力。"主任说,"其中一种说法是,外星飞船发生意外失事了。"

"可是,根据减速激光的规模判断,它们很有可能组建了庞大的舰队。"

"是的,就算只有一艘飞船,凭借它们发达的纳米技术,肯定也能很快完成修复。"

亚纪喝了一口沛绿雅,"还有别的理论吗?"

"比较有说服力的理论是'士气低落说'。"

航行持续了六百五十年,飞船里很可能发生了世代交替。随着新一代的出生,它们对祖先的航行目的已经不再认同,热情也不再高涨,只是把飞船交给电脑,继续这段对它们来说不知所谓的航行——这就是所谓的士气低落说。

"如果真是这样的话,这种失败方式还真是莫名其妙。"

"的确如此。"

既然外星人的技术能支持飞船航行六百五十年,那它们肯定也考虑到了世代交替可能引发的问题,作为应对之策,它们或许采用了人工冬眠的方式度过漫漫长旅。

"有理论认为全体外星船员都进入了冬眠状态,将飞船完全交给电脑控制。可是,电脑对人类发出的脉冲信号没有做出反应,这恰恰反映出外星人对人类漠不关心。因为就算电脑没有做出应答的权限,它也应该唤醒相关的船员。"主任叹了口气,抄起手说,"总之,现在还没有人提出令人信服的理论。外星人意识到地球人的存在,却又拒绝应答,这其中的原因不得而知。"

减速激光没有按照预定的时间抵达,最终等来的是承载着特殊脉冲信号的微弱激光。

或许外星人本以为地球是无人的荒岛,不想这里却居住着充满敌意的原住民。停泊的港湾被摧毁,前路只剩漫无边际的汪洋。对它们来说,等待在前方的就只有死亡了吧。

想到这一点,亚纪便心痛得不能自已。

外星人会回应这种原住民发来的信息吗?虽然通过对话改变外星人的看法是更稳妥的做法,但也有人认为,与已经将我们视为敌人的外星人对话将适得其反。

主任看着陷入沉思的亚纪,忍不住向她投去同情的目光。

"这里的所有人都很钦佩你的举动。"里金斯说着,指了指墙上挂着的一幅大大的照片——UNSS"法朗克斯号"的四名船员在联合国旗帜前露齿而笑。

亚纪稍施一礼。

有人曾背地里讽刺亚纪不爱讲话,面无表情,就像戴着面具一样。但在美国生活的日子里,亚纪却总是努力试着让他人理解自己,尽管亚纪的英语水平还不足以将自己的想法表达得巨细无遗。

我们能像人与人沟通那样和外星人交流么?语言只是交流的很小一部分,很大程度上还要依赖于大量的推论。

"我们对外星人说什么?"

"什么?"

"想展开对话,就必须选择能促使对方发言的信息。"

主任点了点头,"你可能还不了解我们现在正在发送的信息吧。到发送现场去看看怎么样?"

"好。"

主任站起身,代领亚纪前往信息发送中心。

2. 2024年3月11日上午11时

发送中心位于外星文明交流中心三楼角落的房间里,简单得让人沮丧。既没有挂在墙上的大屏幕,也没有戴着耳机忙碌的工作人员。不过,在进入房间之前,必须经过视网膜扫描确认。

房间里有三张桌子,其中两张上摆着电脑。三名穿着斜纹粗棉布衣服的男女正面对各自的电脑忙碌着。参与信息发送工作的研究人员本来应该很多,莫非他们都分隔在不同的房间各自工作?主任向房间里的工作人员介绍了亚纪——这当然是多此一举——他们立刻爆发出欢呼来,要求与亚纪握手。

主任指了指标为"发送主机"的那台电脑。电脑的一角出现了示波器信号,矩形的脉冲列从右至左流动着。

"刚好发送了一整轮,现在从头开始——"

脉冲列被长短两种空白分割开。被长空白包围的脉冲数依次递增:2、3、5、7……

"素数列啊。"

"这是很传统的东西。"

素数列在自然界——至少在天然的宇宙电波里——是不存在的,所以它可以成为智慧生命存在的证明。从 SETI 研究初期开始,人们就是这么认为的。

在发送完十个素数之后,又发送了一个更大的数字。

"这个数字表示的是'泛宇宙传真机'的水平解析度。瞧,第一行扫描开始了。"

所谓传真机,就是将绘制好的图像一行一行地传输出去。这样的一行就叫作扫描线。

一个传真图像滚动显示在屏幕上,与示波器信号平行。

最开始传真的是星图,显示的是从外星飞船上看到的太阳系及其周边的行星。

"为了节省时间,我们直接看看全图吧。"

主任操作指示器,把即将发送的图像一一显现出来。

太阳系的行星轨道图。

内行星①带的特写,然后在同一个图像上增添了圆环。

圆环的投影,圆环投影与地球轨道的相交情况。

地球动植物的图画,代表太阳的符号,以及表示光合作用循环的图画。

信息就此结束,所有的图像都是黑白二值图像②。

圆环被毁之后,发送给建造者的信息内容发生了变化——除了以前一直发送的智慧生命的证明之外,信息中还增加了地球人需要日照、而圆环阻断了日照的内容,并表达了希望与外星人达成友好关系的愿望。

包含友好愿望的信息还没有发送出去。太阳系的构成和圆环的影响这类具体的东西比较容易表现,而一旦涉及抽象意志,就需要使用迄今为止都没有用过的方法了。

"自从去年的学会之后,有没有新的关于友好信息的理论提出?"

主任面色凝重起来,"有几个人提出过。用不用召开一个临时会议?"

"不,不用费心。"

亚纪连忙回答道。她是为了感受信号发送现场的气氛才来

————————

① 水星和金星的绕日运行轨道在地球绕日轨道以内,称内行星。

② 只有黑白两个灰度级的图像。

这里的,可不愿意摆出视察的派头给这里的工作人员造成困扰。

这时,亚纪身边的一个女研究员从椅子上转过身,说:"白石女士,不知你是否可以看看我勾勒出来的草图呢?"

"我很乐意,你叫什么名字?"

"我是吉尔·阿里赛弗,主攻心理学。"

在亚纪的催问下,吉尔打开了电子书。

是用线条勾勒出的人群,其中的人们正在吃饭或交谈。

图像完全展开后,亚纪发现原来这幅图描绘了两群人,这两群人正在对话,并交换物品。下面的一幅图是两群人发生争执的模样,有的挥舞着棍棒,有的倒在地上鲜血直流。

"我觉得这样就能表现'友好'和'敌对'的意思了。"

"这个嘛……"

吉尔是想通过人群之间的不同关系来导出"友好"和"敌对"的概念。

"如果建造者并不是群体行动的生命,它们会不会对图像产生误解?"亚纪问道。

"对,这正是这一想法的弱点所在。但我坚持认为,社会性是智慧生命的基本特征。外星人一定可以通过错误信念任务测试。"

"不好意思,错误信念任务是什么意思?"

"是由精神医学研究发展而来的,比如萨利与安任务,还有巧克力任务。"

吉尔·阿里赛弗一边用笔在页面的空白处勾勒着图形,一边进行说明。

萨利走进房间,将人偶放进玩具箱里。萨利离开房间,安进来。她将人偶挪到了橱柜里。萨利又来到房间,想要取出玩偶,这时她要打开的是玩具箱还是橱柜呢?

对于从头到尾目睹了整个过程的普通人来说,这个问题的答案无疑是"玩具箱",连黑猩猩也会给出相同的答案。但精神活动有障碍的人却会回答说"橱柜"。

这就是萨利与安任务。

巧克力任务与之类似。首先让受试者看到一盒巧克力,并告知受试者这里面放的是铅笔。然后从别处来了一个小孩,如果此时询问受试者:"那个孩子会认为箱子里装的是什么?"正确答案是"巧克力",错误答案是"铅笔"。

"如果受试者通过了测试,那就是受试者拥有'心智理论'的最强有力的证明。"

"心智理论"并不是指心理学上的某种理论,而是一种人类和黑猩猩与生俱来的、推论他者心理活动的能力。

这样的能力是维持社会共同体的润滑剂,对群体的生存具有举足轻重的作用。

可以说，人类和黑猩猩所独有的所谓"意识"，也来自这种"心智理论"。将推论他者心理活动的能力运用到自身，全身的状态就能反映到大脑之中，仿佛是从外部观察自己一样，于是意识就产生了。

"这是关于意识成因的一种假说吧。"

"是的。"吉尔爽快的承认道，"但却是相当有力的假说。"

亚纪点点头，吉尔继续往下说："意识、社会性、心智理论，这三者具有不可分割的关系。如果建造者拥有意识，那肯定也具备其他两种属性。"

"但我们面对的是由建造者组成的社会，它们能够理解人类的社会关系吗？倘若建造者的社会中并不存在物物交换和争斗呢？"

被亚纪这样追问，吉尔只好无奈地耸耸肩，"生命都是自私的存在，这是宇宙的通则、进化的必然。就算建造者没有意识，它们也必定是自私的，因为只有这样，它们才能繁衍子孙，在残酷的生存竞争中取得优势。然而，智慧生命是不是能够摆脱自私的束缚，这又是需要探讨的话题——正是为了探求这个问题的答案，人类才会孜孜不倦地寻找地外文明的踪迹。"

"确实如此。"亚纪轻叹一声，两人陷入了沉默。

亚纪在主任的催促下准备离开,刚要起身,吉尔便追问道:"白石女士。我们什么时候才能下定决心发送表示友好的信号呢?"

"这个问题最好去问你们的主任。"

但里金斯却耸耸肩,说:"我自己也想知道答案呢。"

发送友好信号前,必须征得科学委员会的许可。

"应该快了吧。不过,必须首先考虑如何应对信号发出后建造者不予回应的情况。为了避免引发不必要的混乱,先期发送信号必须慎之又慎。"里金斯说。

"真是两难啊。"吉尔眉头紧皱,"倘若因为被催得太急而仓促决定的话,一定会后悔不已的。"

3. 2024年3月11日下午3时

信号接收中心比发送中心宽广许多,工作人员也要多得多。在房间的一面墙上设有多块屏幕,不断地滚动显示着各种各样的图表。

"你知道我们这里最害怕发生的事情是什么吗?"主任问。

"停电?"亚纪猜道。

"不对。我们最担心的是'回复早已送达'。"

如果漏掉了对方的回复信号,那以前的所有努力都白费了。

为了避免这样的事故发生,三个天文台都将自己的射电望远镜固定用于监视来自猎户座的信号。这三个天文台是:智利天文台、圭亚那天文台和阿雷西波天文台。

射电望远镜接收到的信号被二十四小时不间断地加以分析。这些海量的原始数据堆积在屏幕上，看上去就像是图形和数字组成的摩天大楼，似乎蕴藏着什么秘密，让亚纪不由自主地看出了神。

"接收到的信号绝大多数都跟噪音差不多吧？"亚纪问。

"是的。要不要听听看？迪克，请打开二号光波道的声音。"

操作员依令行事，扩音器里立刻响起了"沙沙沙"的声音。

与其说那听上去像海潮，不如说是有如耳鸣时听到的那种单调刻板的声响。

"这就是所谓的'白噪音'。"主任说。

"装置的灵敏度是否充分？"

"对此我有足够的自信。如果对方的输出功率达到海军使用的预警雷达的水平，我们就能将其检测出来。"接着，主任又展示了另一组图像，"接收到的数据被传送到旁边的超级并行计算机中接受彻底分析，通过傅里叶级数①展开进行波形分析，找出其中有规则性的东西。当然，除了计算机，我们还动用了人力——常年配备八个人、采用三班倒的方式监视。"

"而且，你们还面向大众公开了这些数据。"

"没有必要隐瞒。这样一来，世界上就有五百万人帮我们分

_____

①数学上用于解特殊类型微分方程的一种无穷级数。

析。如果关于同一组数据有十件以上的疑似报告,那我们这边的超级计算机就会对其详加分析。"

"那你们已经收到多少件疑似报告了呢?"

"有四十多万件了。"

对这些疑似报告的分析本身又会产生大量的"噪音"。信号分析工作的成败全在于是否能战胜"噪音"。

"接下来去见识一下我们的超级计算机吧,一定会让你觉得'赏心悦目'的。"

一行人正要前往旁边的房间,眼前的电脑突然想起了警报声。

"光波道402段。"操作员报告说。屏幕上相应的位置被用红框标示了出来。

几个人从椅子上转过身,观察着屏幕。

"是疑似信号吗?"亚纪问。

"还待判断。这种情况并不罕见。两天就会出现一次。"主任答道。

"可是,主任,这次来的似乎并不简单。"梳着爆炸头的操作员说,"疑似程度四级。"

话音刚落,警报声更响了。

"竟然到六级了,快看!"操作员指着屏幕上遍布橘红色横线的图形说,图形旁边滚动着大量的数字。

"素数列！太棒了,有六十八位的！这样的数字我们可是一次都没有发送过啊！"

"这样的素数列是不是持续发送的？从什么时候开始的?"

"已经持续八十秒了。"

"请检查预备通信线路。"

"明白。"

室内空气骤变。主任拿出口袋里的呼叫器打开,呼叫同一层的太空望远镜操作中心。

"我是里金斯。我们刚刚从你方发来的数据中检测出疑似度极高的信号,达到了六级。你们的观测状况有变化吗?"

"请稍等……设备一切正常。静态影像上也看不出异样。"

"明白了。如果有什么发现的话请立刻告知。"

旁边房间的大门猛地打开,一个戴着电脑系统管理员胸牌的男人走了进来。

"汤姆,请求支援,发现入侵！"

"现在不是关心那些的时候,这边发现了六级疑似信号——你说入侵?！"

"是黑客。你说的疑似信号是指光波道?"

"对。"

"那是入侵者打算用虚假信号填满光波道。"

"混蛋!"

那个叫汤姆的男人从椅子上跳了起来。主任也进入了电脑室。亚纪紧随其后,但她还不知道发生了什么事。电脑室里并排摆着三个操作台,对面是隔音玻璃,隔音玻璃背后便是超级并行计算机。

"扫描整个中心所有的电脑终端。有没有人偷偷与外界建立了连接?"

"现在正在安装探查程序。"

系统管理员与两名助手飞快地在控制台上进行操作。

"找到了! 通信服务器上被安装了键击监控软件。"

"通信服务器? 从那里是无法穿过防火墙的。"

"如果有后门程序就另当别论了。如果服务器管理员偷懒,长期使用同一个密码的话——"

系统管理员也从牙缝里挤出了"混蛋"两个字。他的工作就是追踪并抵御外来的入侵,谁知入侵者拥有同他不相上下的专业知识,也能熟练操作同样的工具或系统,就连使用汇编语言的方式也完全相同。

主任回过神来,朝亚纪看去。

"回我的房间里去吧。真不好意思,让你看到我们出丑了。"

"哪里的话。这也算是一种很宝贵的经历。"

"我还是第一次遇到这样的事。"

两人走出信号接收中心,朝电梯大厅走去。

电梯到来之前,亚纪说:"就送到这里吧。我还不是很放心,明天可以再来拜访一次吗?"

"当然可以,我们随时欢迎。"

亚纪用手挡住电梯门,说:"我原本预定只在这里待一个晚上。那明天上午十点再来拜访,可以吗?"

"没问题。"

亚纪松开手,朝主任微鞠一躬。主任也立刻弯腰还礼。

4. 2024年3月12日

第二天,亚纪在主任室里听主任讲解昨天那件"意外"的来龙去脉。

"犯人是这里的学生。"

"就在这个校园里?"

"嗯。犯人就是通过计算机系宿舍的电脑对我们发动入侵的。真是太丢脸了。"

"这是恶作剧,还是故意破坏?"

"据说他这样做是为了分析自己制作的A.I.①的内部状态。"

"自己制作的A.I.? 那他自己分析就行了啊。"

---

① Artificial Intelligence,人工智能。

"我也是这么想的。但他知道我们这儿有超级计算机,所以上个月找到总务室提出使用申请,结果吃了闭门羹。他不死心,便开始尝试入侵。"

"他被逮捕了吗?"

"本来应该这样做,但我暂时没有采取行动。一旦因为入侵地外文明通信中心而遭到起诉的话,他就免不了会蹲监狱。这件事发生在大学内部……处理方式得慎重一些。不过,管理密码的职员遭到了停薪三个月的处分,这也是他咎由自取。"

"能把这名学生的名字和住所告诉我吗?"

主任吃惊地扬了扬眉毛,"他还只有十九岁,成天在学校里无所事事,有点疯疯癫癫的。"

"我很想听听他自己怎么说,作为学生,他是怎么看待地外文明通信中心的。他明明知道入侵这里的计算机可能会被抓住啊。"

地外文明通信中心既是研究机关,也是军事设施。这样一个机构在学校是怎样的存在,就真的那么吸引学生尝试入侵吗?

主任忧心忡忡地将一个记录本递过来。

劳尔·桑切斯。从名字上看,应该是来自拉丁美洲的移民。

中午,亚纪给劳尔打了个电话,对方没有接,于是她在劳尔的语音信箱中留言说:"下午三点见面,地点你来定。"

下午,亚纪完成了对地外文明通信中心的视察,取出笔记本电脑一看，已经收到了回信。劳尔选定的碰头地点是冷饮店旁的咖啡馆。

亚纪到了咖啡馆后发现，这里原来是自助式餐馆。柜台对面看板上的食品名称大部分都被抹掉了，只剩下两种三明治和土豆片，饮料也只有咖啡、番茄汁和可乐三样。

亚纪端着咖啡在桌旁坐下，望着过道上来来往往的学生。他们的头发五颜六色，发型也五花八门。三十四岁的亚纪突然感到自己老了许多。虽然脸庞还显得年轻，但亚纪却穿着俗气的白色运动夹克，显得十分不搭调。

一个瘦削高挑、身着牛仔夹克的年轻人走进咖啡馆，四下张望了一圈，很快发现亚纪也在看他。他乌黑的头发乱蓬蓬的，乍一看跟普通美国人没有多大差别。不过他的胡子剃得很干净，看起来精神了几分。

亚纪站起身，报上名字，与来者握手。劳尔端来番茄汁，坐到圆桌对面。虽然看上去有些紧张，但这至少表明他的思维很活跃。

劳尔喝了一口番茄汁，又瞟了一眼亚纪，干笑两声，说道："真不敢相信白石亚纪会主动找我。你不会是冒牌的吧？"

"你往地外文明通信中心主任室里打电话确认一下就好了。"

"不用,我相信你,一开始就相信。虽然嘴上说不信,但心底是相信的。"

"是吗?"

"人类的语言就是这样,不假思索冒出来的话总是让人觉得莫名其妙。"

"你在研究语言学?"

"没有。语言与思维是不同的,我知道这点就足够了。我更偏好于思维方面的研究。"

这个人说话绕来绕去的,让人头晕。看上去他有点兴奋过头了。

"你为什么要来找我?你打算把我怎么办?他们不抓我,是等着你下决定吗?"

"下决定的是里金斯主任。他说暂时不会采取行动。我只是来这里参观学习的,没打算指手画脚。我只是很想看看侵入地外文明通信中心电脑系统的是什么人。"

"这样啊。"劳尔脸色一沉。

"莫非你和通信中心有过节?"

"怎么会,我不是黑客,并不想侵入破坏什么,只是借用而已。"

"我听说,你为了分析自己制作的A.I.的内部状态,才将数据输送到通信中心的电脑系统里。"

年轻人点了点头，"主任说，我输入的信号的疑似程度达到了六级，还有一个庞大的素数列。"

"我知道，当时我就在接收中心里。你说的'内部状态'是指什么？核心转储①之类的吗？"

"核心转储？我的 A.I. 与通信中心的电脑不同，它是神经网络电路，没有处理器与内存的区别。你明白吗？"

"差不多吧。"

神经网络电路是指模仿神经细胞网络的电路。给某些神经细胞输入脉冲，别的细胞就会输出脉冲。细胞形成一对多、多对一的链接。

"比如看到这杯水的时候，我的视野里就会同时出现三种状态：颜色是红色，状态是液体，所处的位置是咖啡桌。与'红色''液体''咖啡桌'对应的神经将脉冲输送到神经网络的各处，三种脉冲恰好重合的脑细胞便接收到了相当于平常三倍的脉冲，这个脑细胞便被命名为'番茄汁'。"

"'番茄酱'也具有相同的属性吧。"

"的确如此。"劳尔开怀大笑，"不过，番茄汁在杯子里，加上这个属性后，两者就能区别开了。"

---

① 指复制计算机磁心存储器内的信息，通常复制到外部存储装置上。

"这就是你所说的'内部状态'？就是指神经回路的网络以及脉冲的状态吗？"

"大体上说是这样。"

"明白了。那你为什么执意要用通信中心的电脑分析这种内部状态呢？你自己也能进行分析测试吧。"

"因为我的A.I.没有语言，也没有标签能为它注明'这个神经叫作番茄酱''那个细胞叫作番茄汁'。"

"不过，如果向它展示番茄汁的话，总会有某些特定的细胞会兴奋吧。"

"我本来也是这么想的。可是——算了，还是让你亲眼看看我的A.I.吧。来吗？"

劳尔敏捷地站起身，转身就走。

亚纪本以为他要去计算机系的某栋大楼，结果他把亚纪带到了停车场的一辆房车里。房车外壳油漆脱落，露出里面的硬铝。

"你住在这里？"

"嗯。"

房车周围堆着一些破破烂烂的东西，还晾着洗好的衣服，似乎他就把家安在这儿了。

亚纪小心翼翼地随劳尔绕开障碍物，进入房车。

虽说有些混乱，但并没有亚纪想象的那么凌乱不堪。迎面而来的是温暖的绝缘材料的味道。

劳尔将床上的一张揉得满是褶皱的毛巾摊开，打算把床临时改造成沙发。

床边放着一张小桌，桌上有一只用于盛放观赏鱼的水槽，水槽里盛着透明的液体。插满电子线路基板的架子浸泡其中。每一个基板上都延伸出一条电缆，连接到水槽外的箱子里，而这个箱子又与桌子上的电脑相连。

桌子右侧有大小六张屏幕，上面滚动着的图像与现代雕塑一样令人费解：忽闪忽灭的方框，朦朦胧胧的荧光，不断破裂四散的烟花。

亚纪皱了皱眉。莫非这个家伙嗑药了？

"这……就是你的A.I.?"

"对，是我用实验室废弃的芯片组装的。"

"用键盘发出指令？"

"不用发出指令。"劳尔说，"用摄像机和网络就能完成输入。"

在屏幕对面的墙上安装着一台很小的CCD①摄像机，在它的视野内放置着一组监控器。

"跟摄像机打个招呼吧。"

---

① 电荷耦合器件，一种半导体装置，能够把光学影像转化为数字信号。

"它有名字吗?"

"纳塔莉亚。"

亚纪对着摄像机说:"你好,纳塔莉亚,我是白石亚纪,感觉怎么样?"

监控器有了动静,似乎在反馈什么。

"真令人吃惊!纳塔莉亚好像喜欢上你了。"

"你怎么知道?"

劳尔笑道:"我要是知道它怎么想的,就不会侵入地外文明通信中心了。"

"别糊弄我,刚才那是什么意思?"

"那就是内部状态,把脉冲交换或者磁场变化的情况用视觉化的形式反馈出来。"

"监控器也在这台摄像机的拍摄范围之中?"

"是的,这样才能形成反馈回路。"

亚纪想起来昨天阿里赛弗说的话,"莫非,你是想把'心智理论'应用到A.I.身上?"

劳尔朝这边投来一瞥,"正是如此。最开始时它就试图像照镜子一样呈现镜面式的脉冲,着实让我大吃一惊。后来这家伙开始尝试在监控器里再现摄像机拍摄到的景象,不过更惊人的还在后头,如果反馈画面的角度有所变化,它还会自动做出校正性质的标记。不过最近它一直没有什么动静。"

"是不是通电很久了？"

"已经四个月了。最近不管给它看什么，显示出来的图像都模模糊糊的。"

"纳塔莉亚是不是厌倦了？一直被关在屋里——"

"摄像机不止一台。我也给它看过外面的风景和电视画面，甚至还让它上网——不过为了防止它乱在网上买东西，我设置了一些限制。"

"那就重启一下试试。"

"我也这样想过。但这家伙——"劳尔瞅了一眼监控器，"似乎在思考什么。"

"思考什么？"

"反馈画面上曾出现过类似黎曼曲面①的图形。我还见到过一些和整数论相关的数列，但很快就消失了，再也没有出现过。把这家伙的内部状态完全记录下来需要800G的容量，而且这个状态每微秒都在发生变化。尽管可以利用差分对数据进行精简，但还是难以将其完整记录下来，更没法逐一研究。"

所以他才只好求助于地外文明通信中心的超级并行计算

---

① 德国数学家黎曼为了给多值解析函数设想一个单值的定义域而提出的一种曲面。

机吧。

"我大致明白了。但你是计算机系的学生,就不能使用学校里的超级计算机吗?"

"那里的机器还有优先任务要完成,比如运行当下的气象模型之类,不知要等到猴年马月去了。"

"即便如此,也不能成为入侵通信中心的理由啊。"

"我知道。"劳尔低下头,视线垂地,看起来就像一个在闹别扭的孩子,"但我觉得这样做很有趣。"

"为什么?"

"因为二者很像。"

"和什么很像?"

"很像你喜欢的外星人。一直保持着沉默,这一点跟这个破烂A.I.很像。"

亚纪不由得朝水槽看去。绝缘的冷却剂传导着芯片的热量,咕嘟咕嘟地对流着。监控器上滚动着超现实主义的图像。

"在我看来,A.I.应该是能够与人类进行语言交换的存在。一开始时我也想同这个家伙通过键盘进行交流。但我的想法是否正确呢?宇宙中是否存在没有语言的智慧生命呢?无法与人类对话的A.I.是否就是无用的A.I.呢?尽管我不知道这家伙的想法,但它可能正在进行着某种思考,只是不需要语言罢了。人类之所以拥有语言，是因为这样做对生存有利。从无法与人类沟通这一点看，建造者不是同纳塔莉亚一样吗？"

"也就是说——"

以是否能够沟通为标准，可以将建造者与A.I.同等对待。

亚纪从未考虑过这样的问题。A.I.是人类制造出来的，人类自然希望它们能与人类对话。可以说，这样的功能正是A.I.的定义所决定的。

地外文明通信中心给建造者发送信息，是建立在"假定对方的思维模式与人类相同"这一基础上的。如果连续有五个脉冲，对方就应该理解为"五"这一数值；如果周期性地发送固定长度的脉冲列，对方就应该理解为这是自然界真实面貌的二元传真图像。

"可是，思维与语言是可以分离的吗？"

"刚才我已经说过了，人们认为"思维是由语言规定的"，但这一观点并不正确。如果这一说法成立，牙牙学语的儿童就无法记住语言，更无法将一种语言翻译成另一种语言，新的语言也不会产生。我们在凝听他人讲话的时候，理解的不是语言本身，而是语言背后的概念。"劳尔口若悬河地说道。

"嗯，你的看法的确很有趣。"

"你也这么认为？"

"我会把你的观点报告给里金斯博士,或许会有一定的参考价值。"

亚纪感觉劳尔的眼睛熠熠生辉。这名年轻人知道亚纪会来见他后,肯定心存期待吧。

"你想在地外文明通信中心做研究吗?"

"的确有这样的想法。当初制作纳塔莉亚的时候倒没这么考虑过,但当我遇到A.I.沟通障碍的时候,突然发现附近有人也有相同的苦恼,而且他们拥有最尖端的机器。"

"那就去报考硕士研究生吧,考上之后去听听通信中心教授的讲座,比如希金兹博士的,或者麦克吉尔博士的。"

"我正是这么考虑的。"

"我会支持你——精神上的支持。你可别指望能通过我走后门。"

即将起身回去之前,亚纪再一次看了看A.I.的样子。

自己一直都在摄像机的视野之内,但屏幕上没有一点变化。

无法说话的智慧生命。一点不为自己的存在而烦恼。

"纳塔莉亚的名字是怎么来的?这是女性的名字吧。"

"是我高中时期喜欢的女孩子,可惜久攻不下啊……"

亚纪扫了一眼配线,发现电源装置和处理器之间有一个断路器,于是指着断路器的开关,对着摄像机大叫道:"喂——快回话,你这个哑巴!否则我就把你的电源给断掉。"

劳尔像是遭电击一样跳了起来,一把抓住亚纪的手腕。

"住手!它听不懂你的话。"

亚纪将视线挪到监控器上,劳尔也朝那边望去。但屏幕上什么变化也没有。

"这家伙根本不能理解人类的语言,也无法理解自己同电源开关之间的关系。任凭你怎么威胁都没有用。"

"看起来是这样。"

劳尔的额上冒出了汗珠,"你真是个危险分子,我的心都差点跳出嗓子眼儿了。"

"我可不愿被黑客批评。"

"亏你还得过诺贝尔和平奖呢。"

"这又能有什么用?"亚纪叹了一口气,靠在墙上,"我是很复杂的,和其他所有人一样。"

这究竟是怎么回事?她明明早已习惯于控制压抑自己的情感,即使面对里金斯主任也没有丝毫破绽。然而此时的亚纪却感觉深藏在心底的种种情感冲破了枷锁,汹涌地翻腾着。

亚纪对建造者所抱有的不仅仅是兴趣和罪恶感。对于马克·里德利用生命捍卫的东西,外星人竟然没有流露出丝毫的关心，没有对人类的询问给予任何回复。

"其实，人类是可以与建造者沟通的——至少成功过一次。"

"你说什么？"

"我破坏了圆环，使它们丧失了停止航行的手段。主动向对方施加某种影响——这不正是交流的本质么？我想我至少向它们传达了一个信息——圆环被破坏了。这是确定无疑的。"

这是无须语言就能达成的交流。对自己的技术抱有绝对自信的智慧生命，只要它们发现激光无法在预定的时间抵达，应该就能推断出太阳系内存在别的智慧生命。

本该抵达的激光却没有抵达，这条信息以光速传播开去。在激光未按时抵达的那一刻，外星人就收到了亚纪传给它们的那条信息。

劳尔直愣愣地看着亚纪。

"还真是这样啊。"

"我代表人类与建造者进行了第一次沟通，但却是以最恶劣的方式。你说我们应该怎么办？"

"呃，这个嘛……"

"得罪它们之后，又该怎么做才能弥合人类与它们之间的裂痕呢？"

劳尔抱着双臂，摇了摇头，"你啊，对那些家伙，真的干出了切断电源的傻事呢。"

"我这么做也不会要了它们的命,只相当于拔出几张基板而已。"

"那把基板重新放回去不就得了?"

"放回去?"

"所谓'和好如初',不就是要恢复原状吗?"

第二章　联合国宇宙防卫军

1．2024年4月22日

"我说,舰长,是不是可以行动了?"

"再忍耐两个小时。"

舰长无情地拒绝了莫瑞的请求。严格遵守规则是舰长奉行的人生哲学。

莫瑞并不反对这样的观念,但才过了不到三十分钟,他就离开自己的睡舱,朝气闸门移去。莫瑞穿上太空服。虽然不需要吸纯氧,排出体内氮气,但他还是认真地清点起装备来,以打发漫长的时间。

规定的时刻终于到来，舰长下达了许可命令："采样飞船归来已经超过六个小时，没有发现遭到感染的征兆。莫瑞博士，请返回研究站继续研究吧。千万要当心！"

莫瑞走出气闸门，朝着舰首移动。眼前是一成不变的风景——永无止境的日环食。

四个月前莫瑞刚来到这里，看到太阳系中竟然还残留着这样一个奇迹，他不由得感动万分。基地现正处在太阳-金星系的L2拉格朗日点①上，即稳定地位于太阳与金星的连线上，从基地看去，金星刚好挡在太阳前面，直径比太阳的略小。

于是，在基地里，能看见永不结束的日环食。光环的内缘血红一片，这是阳光穿过金星大气所致。可以说，那血红的光芒就是金星上朝霞和晚霞的总和。

在L2拉格朗日点上，金星遮挡住了强烈的阳光，还可以利用金星大气给宇宙飞船提供制动辅助和燃料补给。可是，之所以选择这里作为联合国太空防卫军的前线基地，主要还是出于安全方面的考虑。

在前线基地靠近太阳的内侧，可能还飘浮着圆环的残骸。这里虽说不能完全教人放心，但金星的重力和公转运动可以扫

---

① 指在两个大天体引力作用下，能使小天体稳定的点，理论上有五个，由法国数学家拉格朗日于1772年推算得出。

清那些纳米机器,危险性降低了许多。

当采样飞船从水星轨道内侧采回能够吞噬人体的细胞后,莫瑞需要将其放在显微镜下进行观察,这就是他的任务。处理样本需要谨慎的人工操作,即使在很近的距离下,也不能采用遥控机器人。

"外门关闭确认,现在离开基地吧。"

"明白。"

莫瑞利用背包的喷气,朝三百米开外的圆环物质研究站前进。研究站里没有人,六小时前从水星轨道返回的采样飞船停靠在那里。飞船的引擎已经停止,但散热片还在散发热辐射。

采样飞船通过专门的气闸,被自动搬入圆环物质研究站。圆环物质内部蕴藏着极强的能量,稍有闪失就会被其吞噬,之所以要等待六个小时,就是为了检测它是否会对研究站造成感染。

直到现在,水星仍在进行物质投射,采样飞船将投射到宇宙空间的物质采集回来以供研究。虽然返回途中丢弃了防护罩,但船体被污染的可能性仍然很大。莫瑞来到基地的四个月里,他们已经损失了一艘采样飞船。但就算采样飞船没有异样,潜伏其中的圆环物质仍有可能感染研究站。

莫瑞进入研究站的气闸,一面与惯性搏斗,一面关上外门。

在这个位置,可以看到基地母舰的全貌。

母舰舰首并排的六个居住舱,覆盖着遮光膜的全长一百二十米的遮光盾,十八个卵形燃料箱,两台NERVAⅢ型引擎——这些组件牢牢地附着在桁架式龙骨上,看上去有如巨大的恐龙骨骼。

这就是联合国太空防卫军的三号战舰——核动力宇宙战舰查德威克号。

为了准备进行来年的圆环破坏任务,一号战舰法朗克斯号和二号战舰卢瑟福号正在地球低轨道站整修,那里同时还在建造四号战舰。

进入量产化后,建造战舰的费用持续下降。虽说现在每打造一艘战舰仍需四百亿美元,好在外星人入侵的威胁成了缓解国际纷争的特效药,将各国的国防预算凑在一起就能承担这一费用。

水星之上的自动工厂现在仍有激光炮镇守,依旧不知疲倦地向太空中投射圆环物质,所以人类必须定期对圆环进行破坏,以防止外星飞船停靠在太阳系。基于这样的共识,联合国安理会全票通过了加强联合国宇宙防卫军宇宙舰队力量的提案。

莫瑞脱掉太空服,进入圆柱形实验舱,将采集回的样本小心翼翼地移入隔离站。把检测所需的设备安装妥当,莫瑞开始细细地调整显微镜。圆环物质保存在真空中,由静电场固定,与容器隔绝。

扫描开始。享受了一小会儿现场操作的特权带来的快乐后,莫瑞将显微镜输出的图像传入通信网。

"微观世界的航行开始了,看得见吗?"

"相当清楚。"基地睡舱中的娜塔莎回答道,声音清晰得仿佛就在身旁。

为了尽量降低危险,靠近圆环物质的只有莫瑞一人,另有三名科学家留在基地。现在轮到娜塔莎与莫瑞做搭档。

两人徜徉在圆环物质的海洋里。

那些微小的颗粒看起来既像珊瑚碎片,又像是星砂①,实际上它们都是能够自我增殖的纳米机器。这些纳米机器缺乏多样性,迄今为止只发现了四种,其绰号分别是:"大个子""懒虫""油轮"和"三叉"。

"大个子"是构成主体的大型细胞,互相结合后形成栅格,其他细胞可以自由地移动到栅格里。

"懒虫"很少运动,故有此名。其作用还不甚清楚。

"油轮"是为了保持正电子的高密度而存在的大型冷却室。

---

① 一种像星星的砂状海洋堆积物,常常被误认为是一种沙子,其实是一种名为"有孔虫"的原生动物的外壳。

虽说现在还无法找到生成正电子的结构,但几乎可以确定,正是为了最高效地生成正电子,投射至宇宙的物质才会呈现"圆环"的形状。

"三叉"的功能也不明了,在数万个纳米机器里才会有一个这样的机器。它有三条分叉,中间部分有类似接头的构造,应该起到与其他细胞相互连接的作用。

在某个未知的地方,肯定还存在第五种细胞。

为了找到这种细胞,娜塔莎与莫瑞继续在圆环物质的海洋中畅游。

2. 2024年5月13日

会议厅外，旗杆和旗杆背后的白色墙壁都保持着上世纪的原貌，五颜六色的国旗在五月的风中飞舞。

亚纪出示了代表联合国工作人员的蓝色徽章，接受安全检查后通过大门。门后就是国际区域，不再属于美国管辖。门厅里摆放着各国送来的艺术品，诉说着二十世纪血雨腥风的历史。

进入安理会会场，亚纪朝东侧的壁画望去。那副壁画似乎正朝她看来，亚纪不由得肃然起敬。这幅象征着和平与自由的壁画于七十年前落成，之后便一直在这里凝望着掌控世界走向的人们。

亚纪在圆桌边落座。印在她姓名卡上的头衔是"联合国宇宙防卫军科学委员会特别顾问"。

但她的作用不止"顾问"那么简单。如果她以太阳系救世主的名义在互联网上发表演说,就可以动员超过半数的人类跟随她。她一直忠实地承担并履行着联合国太空防卫军发言人的角色,拥有连美国总统都羡慕不已的巨大影响力。

但今天与以往不同。今天亚纪要在这里首次发表自己的见解。

被主席点名后,亚纪为所有与会人员输出了保存的资料,每个座位面前的小屏幕以及墙壁上的大屏幕都一齐闪烁起来。

屏幕上显示的题目是"新的停止手段"。题目下面是一幅指示图:垂直于黄道面的直径八千万千米的圆环。

"我今天要提请大家讨论的,是如何安全地让圆环建造者的船队在太阳系内停靠下来的方案。实现这一方案绝非易事,和这样庞大的工程相比,我们要做的工作微不足道。但如果方案能够成功实施,我们就再也不用破坏不断再生的圆环了。

"如大家所见,我的想法非常简单。现在,圆环位于水星的公转面上,它与地球的公转面、即黄道面只相差几度,所以会对地球造成长时间的影响。我的想法是,让新的圆环垂直于黄道面,这样一来,阳光被圆环遮挡的时间就会极大缩短。"

今天的听众并非科学家,亚纪只能尽量简明扼要地做出说明。

"我们是否有能力实施这样的大工程?"一名来自五角大楼的黑人委员质询道,"我们甚至无法靠近水星,竟然还想建造一个垂直于黄道面的新圆环。要知道,水星物质以每秒八万吨的流量喷射而出,以我们现有的技术而论,就连改变它们的方向都是痴人说梦。退一万步说,就算能够改变喷射物质的方向,我们又如何将圆环物质从既定位置移开呢?"

"我并不打算改变物质投射器的方向。如你所言,圆环物质是自发移动到目标位置上的,所以说,如果能对每个圆环物质进行再编程就可以实现圆环位置的调整。"

"对那种粉末一样的东西进行再编程?"

"肯定存在着允许对圆环物质进行再编程、并自行扩展新程序的窗口。用这种新的程序——也就是遗传信息——感染水星上的生产装置就可以了。"

"即便如此,又有多少人会支持这种做法呢? 要知道,圆环直接和间接造成的死亡人数高达八亿,你现在竟然打算建造一个新圆环! 你认为人们会慷慨地同意吗?"另一名委员发话道,他顶着理科博士的头衔,但已经离开研究一线二十多年了。

"那是一场不幸的事故。不知出于何种理由,建造者完全没有意识到太阳系内存在智慧生命。它们很可能认为自己是宇宙中唯一的智慧生命。在圆环出现之前,人类中抱有这种浅见的人也不在少数。可是,现在我们已经可以断定地外文明的存在,在事实面前,我们必须采取新的措施。我们不能对它们的船队见死不救。重新建造可供它们停泊的圆环,以开放友善的姿态迎接它们的到来——这不正是我们的使命吗?"

"我们的使命是保卫地球。我倒希望建造者能静悄悄地通过太阳系。"

"破坏圆环的行动可能会被理解为敌对行动,它们很可能会在飞越太阳系时实施报复。只有和它们建立友好关系,才能最大限度地确保地球的安全。如果我们能重新建造一个圆环,无须任何语言就能向外星人传达地球人的友好意图。"

"你还不知足吗?你所倡导的圆环物质研究已经获得了足够的预算,甚至还配置了一艘宇宙战舰专门负责采样。想传达友好意图的话,有地外文明通信中心就足够了。"

"那远远不够。"

"白石女士,我们应该从更实际的问题着手才对。"主席发言道,"你前瞻性的见解值得钦佩,但我们必须对可能面临的最糟事态做好准备。最快六年后,外星人的飞船就会飞越太阳系,那时我们该如何应对?地球人妨碍了它们的伟大计划,如果它们的航行目的是为了星际殖民,那么为了能继续这趟殖民之旅,它们很可能会扫平地球。它们的船队拥有一百五十亿吨的质量,以百分之六光速的速度行进，其动量相当恐怖。它们只需简单改变前进方向，就能轻易摧毁整个地球。"

"正是为了避免这样的情况，我才会提出重新建造圆环的方案。"

"建造这样的圆环，最快也需要十六年吧。"

"并非来不及。水星上的自动工厂现在仍在正常运转，这很可能说明建造者们为圆环的修复再建预留了时间。"

"它们对自己的技术抱有的绝对自信，也从未考虑过误差或失败——当时你是这么描述'岛'的吧?"

"的确如此……"

"世界还处在饥饿当中，不能将有限的预算用于希望渺茫的计划上。如果说还有什么项目能够说服大家进行投资，那肯定是为了防范最糟事态而展开的计划。"

亚纪无法再继续抗辩下去，只好选择沉默。

下一个议题是"针对圆环建造者飞越太阳系的准备"。

为了防范外星人向人类复仇，所有人都同意为此划拨资金。

亚纪实在无法集中精神听取讨论，只是恍恍惚惚地盯着壁画发呆。

会议结束后，亚纪又被拉去参加宴会。精疲力竭地返回宾馆,又喝了两杯酒,亚纪察觉现在正是太平洋时间的黄昏。

打开笔记本电脑,通信地址还保留在历史记录里。对方很快出现了。

"你好,还记得我吗?"

"你是白石亚纪吗? 你在哪儿? 你来地外文明通信中心了吗?"

"我在纽约。听着,我已经将你的提案提交联合国安理会审议了。"

"什么?"

"就是在不使用语言的条件下与建造者改善关系。"

"了不起! 你是怎么做到的?"

"秘密。不过提案被否决了,真失望。"

"虽然不清楚发生了什么事,但真是很遗憾。"

"你那边进展如何? 和纳塔莉亚的沟通有什么进展?"

"那个嘛……"对方停顿了片刻,"我已经把它关了。"

"关了? 难道你切断了电源?"

"嗯。我找到研究A.I.的教授询问过了,他说这种失败是常有的事。据说是因为非线性方程陷入了极值运算,进而导致了系统错误。"

"这样啊,太遗憾了。"亚纪醉意稍解。听见电源被切断的消息,她心中一阵酸楚。

"不过我准备再做些改良,你也是这么想的吧?"

"呃?"

"改良之后再试一次,一定要找出沟通的方法来。"

亚纪轻轻地笑了起来,终于明白自己为什么要给他打电话了。

"我当然支持你! 怎么能轻言放弃呢?"

3. 2024年6月20日

"将静电场的强度减弱一半。"

"先还是先减到百分之八十吧,慎重为好。"

莫瑞屏息凝气地通过目镜观察着。

圆环物质特别活跃,真不枉为之付出的一番辛苦。

采样飞船一直都在远离水星的区域回收圆环物质,但第六艘采样飞船冒险靠近了水星防卫线,因为这里采集到的物质"新鲜度"更高。但这次尝试以失败告终,圆环物质的密度过高,采样飞船被"腐蚀"了。

但莫瑞利用所剩不多的预备采样飞船,再次开始新的尝试。

显微镜下全是熟悉的细胞,没有发现新面孔。但历史上所有划时代的新发现差不多都遵循这样的规律:百分之九十九的勤奋加上百分之一的运气铸就成功。

不小心误用了盛放过旧样本的容器时,莫瑞发现有什么东西正在新旧细胞间游弋。

难怪直到现在才发现第五种细胞,同已知的四种相比,这小家伙仿佛是猫咪身上的虱子一样难以察觉。一直寻找的第五种细胞,是寄生在别的细胞内部的。

莫瑞与娜塔莎进一步减弱固定圆环物质的静电场,开始观察新细胞的行为。娜塔莎的身子微微颤抖起来。

"这样的条件下它不能自由地游动啊。"

"那将静电场强度减弱到百分之五十吧。"

"不得不这样了。"

两人仿佛忘记了时间,冒着巨大的风险继续观察。

四小时后,第五种细胞与"三叉"相遇。当两者相互连接之时,莫瑞和娜塔莎激动得想举杯庆贺。

娜塔莎率先回过神来问道:"该给这种细胞起个什么名字呢?"

"'信使'怎么样? 它就像传递好消息的信使,没有比这更适合的名字了。"

"现阶段就能作此断言吗?"

"这不是和我们预想的模型完全一致吗？毫无疑问,这就是最后一种细胞。"莫瑞充满自信地说,"如果我的猜测正确,独立的'信使'是无害的,它的作用无非是传递和复制信息。看着吧,我们很快就没必要用这种讨厌的静电场来保存它了。"

娜塔莎注视着恩师的脸,"同意。这样一来,以后的操作都会十分顺利,而只需过滤出'信使'细胞就可以了。现在,我们需要找到合适的'筛子'。"

两人使用光学加工仪器制作出了专门用于过滤"信使"的分离器。

分离器性能良好,很快就分离出数百个样本,可以放心大胆地进行破坏性质的检查。他们将样本放到扫描隧穿显微镜①下,一边剥离样本的表面原子,一边进行内部解析。

所有的数据获取完毕之后,莫瑞说:"向地球发消息吧,白石亚纪肯定在等着呢。"

---

① 利用电子束来扫描样本表面的一种显微镜,能使狭窄的隧穿电子束在样本与电子束中流动,并能造出原子形态及结构的三维立体影像。

4. 2024年8月14日

在精心准备的记者招待会的前半段，亚纪一边操作电脑，一边讲解已经取得的研究成果。

"圆环物质是每位从事纳米技术研究的科学家梦寐以求的东西，与其说它们是机器，不如说是生物，仅用几种细胞就能够组合出多得惊人——实际上可以看作无穷无尽——的结构。

"在座的各位中可能会有人问，真空环境的太空中是否有生物一样的东西活动。从微观角度来说，所有已知生物只能在液体中才能正常发挥机能。细胞被细胞膜紧紧包裹，内部充满液体。但细胞膜并没有切断细胞与外界的联系，而是通过复杂巧妙的结构与外界进行着物质和信息的交换。

"但这是地球生物的情况。在地球上,全副武装的宇航员只有在水里才能勉强活动。太空中没有水,难道人们就认为宇航员不能在太空中活动么?那里恰好是他们的用武之地。

"圆环物质也是一样。它们伸着用于结合的触角,在太空中自由地游来游去,最终被纳入本该容纳它的地方。"

接着,亚纪展示了圆环物质在显微镜下的一系列图像,依次说明起来。

"信使"与"三叉"相结合后,会把三条分叉从本体剥离,开始进行自由的游弋。留下的接头部分又会成为控制其他"三叉"分离的开关。

发生这一连锁反应的目的就是为了传递信息。圆环物质之所以能够自发地对圆环进行修复重筑,就是因为有"信使"这样的细胞为它们传达统一的指令。

"三叉"的个体数量庞大,但激发其活动的机制一直不清楚,直到发现"信使"之后,之前预想的模型才得到了强有力的佐证。

讲座结束后,亚纪开始接受记者提问。

很快就有人提出了正中亚纪下怀的问题。

"'信使'的发现对以后联合国宇宙防卫军的活动,乃至人类的未来有什么影响?"

　　"利用'信使'就能按照我们的意愿操纵圆环物质。联合国宇宙防卫军的宇宙舰队为了不断摧毁修复成长中的圆环物质,必须花费极大的成本。如果能解读'信使'携带的基因,并改写编码,就能够改变圆环物质的行为。也就是说,我们的策略可以由被动防御转为主动改造。"

　　"就像让病原菌自己被感染一样,令圆环自行瓦解?"

　　"是的。不过,还有一个更具建设性的方案。"亚纪决定孤注一掷,再次宣讲之前被否定的提案,"关于发现'信使'这件事,请大家听听我的看法好吗? 你们中间的不少人,都因为圆环造成的气候异常失去了家人或财产吧? 人类赖以生存的美丽家园惨遭破坏,恢复之日遥遥无期。我完全理解你们对圆环的仇恨。

　　"然而,我相信建造者的本意并非侵略地球——若干年前,我降落到'岛'的防御设施上时,深刻地体会到了这一点。它们的防御设施轻易就被我们破坏了,因为它们防御的只是小行星和彗星。它们并不知道太阳系里存在智慧生命。

　　"这是一次不幸。可以说,建造者并没有任何恶意。

　　"难道人类与地外文明的初次相遇一定要建筑在愤怒与憎恨之上吗? 难道我们要放弃了解建造者的文化、艺术的机会,任自己永远地沉沦在宇宙的阴暗角落里吗?

　　"利用这次发现的'信使'细胞,就有希望操控圆环物质。

"我认为,我们应该尽早重建圆环,帮助建造者的船队减速、在太阳系内停下来。

"如果圆环垂直于黄道面的话,对地球日照的影响就会大大减弱,甚至有不少科学家认为可以借此大大缓解温室效应。就算圆环再次造成危害,人类也可以随时把它毁掉。

"现在动手重建圆环还不晚。尽管在新轨道中设置了大型望远镜,但我们至今没有观测到建造者的船队。它们设在水星上的自动工厂也仍在运转。这可以解释为,最初的圆环建造失败后,它们打算从头再来。

"不管怎样,如果人类主动重建圆环,就能向它们表明我们没有敌意。能够掌握纳米技术和核聚变技术、甚至可以自由操控反物质的智慧生命,应该不是穷兵黩武的种族。请大家不要再无止境地猜疑了。抛开恐惧,想象一下与它们相遇时的情形吧,想象一下吟唱它们的歌曲、朗读它们的诗歌会是什么样子吧。"

亚纪的演说发表还不到二十分钟,已经被严格监控的互联网上便开始举行秘密会议。

"她终于说出来了,本以为会更加慷慨激昂些呢。"

"她再怎么说,也不会被解任吧?"

"现在还不会。怀疑派的实力还太弱了。"

"北美地区在线调查的统计结果出来了。赞成重建圆环的占百分之五十二,反对的占百分之四十六。形势发生了逆转。"

"但差距并不大。热度过后,支持派的比例就会下降,双方又将势均力敌。"

"话虽如此,赞成进行'信使'细胞投放实验的比例却高达百分之七十四。毕竟,如果能自由操控圆环物质,对人类来说有百利而无一害。"

"没那么简单,想想解读人类基因组耗费了多少年努力才成功吧,更何况圆环物质。"

"所以领导层才大力要求推进纳米机器研究啊。"

"白石亚纪的演讲只是一家之言,建立迎击体制才是当务之急。"

"但就现在的实际情况来说,主动迎击外星飞船似乎是不可能的。还是白石的意见更加合理。"

"确实……那是以秒速一万八千千米进行的舰队,连和它们会合都不可能,更别说什么迎击了。"

"坠落地球的陨石的平均速度是每秒二十千米。建造者舰队的速度大致是陨石的一千倍,能量则是一百万倍。造成恐龙灭绝的陨石直径估计有十千米……以它们的速度计算,可以等同于一颗直径一百千米的小行星撞击地球的效果。"

"我们可以集中火力攻击舰队的某一点,逐个击破。"

"如果外星人舰队是对准地球而来的话,其飞行路径就不言自明了,即位于猎户座与地球的连线上。在这途中安置障碍物并加以诱导,就可以形成打击。"

"相对于恒星静止的轨道是不存在的,该如何安置障碍物呢?"

"只能及早发现并迅速展开行动了。"

"谈何容易! 现在给你看些资料吧。"

一名成员在画面的一角播放动画,标明了太阳与地球的轨道,以及猎户座。

"首先必须确认外星人是否有战争意图。它们的舰队正从猎户座向我们的太阳系飞奔,这究竟只是路过,还是把地球当作攻击目标,现在很难做出判断。

"现在还存在不确定因素。舰队的规模和反射率都不清楚。如果外星人是来挑起战争的,那理应考虑到隐蔽性才对。如果这颗'子弹'不散射太阳光,就无法对其进行光学探测。虽然使用红外线探测就没有这样的问题,但惯性飞行中的物体不太可能散发出探测所需的热辐射量。就算使用功率最大的雷达,充其量也只能探查到木星附近的物体。"

"探测方法的进步还得依靠技术革新。摧毁目标的手段方面有无进展？"

"这也与探测能力有关。在最理想的条件下，人类所能探测到的最大半径是八十天文单位。这样算来，就可以为人类留下八天的准备时间。假设布置在地球低轨道的导弹的巡航速度是每秒十千米，那两者将在六百万千米外相遇。从那个位置飞抵地球，外星飞船只需五分三十秒，这意味着我们没有第二次拦截机会。而且，爆炸生成的大部分碎片都会命中地球。为了避免这一状况，就必须在五分半钟的时间内，将所有碎片移动至少六千四百千米——即地球的半径。也就是说，必须使所有碎片在与外星飞船航向垂直方向产生每秒二十千米的加速度。你觉得这可能吗？你们知道美军开发的电磁轨道炮吧，用楼房那么大的装置给子弹大小的物体加速，才能达到这样的加速度。"

通信线路中传来低沉的呻吟声。

"为了有效迎击，一方面要及早发现外星飞船，另一方面还必须在尽量远的地方将其摧毁。用导弹太慢了，如果我们拥有强大的激光武器就好了，但目前人类还造不出这样的武器。"

"难道我们只能束手待毙吗？"

"我没这么说。"

长久的沉默后，有人发言道："说不定只有按白石亚纪的方案办了……"

"是要放弃抵抗吗?"

"不是这个意思。白石亚纪的理念是以柔克刚,借助敌人的力量打倒敌人,所以她才会提出重建圆环的建议。"

"我还是不明白。"

"就是说,如果能重建圆环进而重建'岛'的话,我们不就有激光武器了吗?"

5. 2026年7月12日

UNSS"查德威克号"脱离金星基地，朝水星进发。

绝不能让造价四百亿美元的战舰被圆环物质感染。舰长一面用高功率激光雷达扫描周围的状况，一面操作飞船进入距水星五百万千米的行星轨道。

装有两千克"信使2号"的密封罐已经由无人运输火箭发射，即将与水星轨道相交。

莫瑞在自己的睡舱中监视运输火箭发回的画面。

从视野右下方到左上方有一条仿若银河的光带。尽管看不见单个的粒子，但不时会有浓淡不一的光斑出现，并高速运动。那正是由水星上的物质投射器以每秒八万吨的速度喷射出的圆环物质形成的大河。

凝聚了巨大心血的"信使2号"即将被投进这条大河。

越靠近圆环物质,光带就越淡,直至融入宇宙的背景之中消失不见。这让莫瑞稍感意外——他本期待着看到耀眼夺目的光的洪流呢。

"是啊,身处伦敦市内的人也察觉不到伦敦的烟雾。"

"你说什么呢,博士?"

"没什么,只是自言自语罢了。"

"相对速度为每秒五十米,火箭每秒遭受三千次粒子撞击。"

"朝光流中心推进两百千米看看。"

"如果到那个位置也安然无恙的话就开始投放?"

"是的。"

"航点位置重新设定完毕。"

画面中开始出现异常。运输火箭传来的画面中闪烁着无数的警告信号。明显可以感觉到火箭正在遭受圆环物质的侵蚀。

"看来就快撑不住了。"

画面播放的速度渐渐放缓,最后画面静止下来,显示出"传输错误"的提示。

"遥感设备仍在工作……现在抵达航点,密封罐分离,制动发动机点火。分离信号确认。"

"成功了吗?"

"UNSS'查德威克号'顺利完成投放'信使2号'的任务。"舰长对着地球方向,用庄重的声音说,"本舰将继续执行观测任务。"

舰长开启广角望远镜的可视光和红外线摄像机进行自动跟踪,确认观测仪器都运转正常后,他终于放心地宣布道:"诸位,干得漂亮。我们剩下的工作就只有细心观测了。暂时放松一下,看看地球发来的新闻节目也可以,之后两三天的新闻里头我们可是主角。"

"还不就是铺天盖地的声援。"

"白石亚纪的神力也是有限的,出现意料之外的情况也不稀奇。"

"我也有些不安,只能祈祷一切顺利吧。"莫瑞轻声说道。

解读圆环物质基因是一场艰难的战斗,目前为止解读出的基因组只有0.8%,虽然已经可以判明圆环物质的成长界限和定位信息,但生成"岛"的编码现在还不得而知。尽管乐观主义者描绘出了纳米技术在未来得到普及的美好蓝图,但实现这一理想至少还需要三十年的时间。就目前来看,仅仅通过修改已经掌握的编码,是无法建造出新圆环的。

不过,现在已经可以确定圆环物质的编程环境是完备的,破解这一难题的,是经过无数次失败尝试后发现的"高位指令组"。如果"信使2号"能发挥预期的作用,就可以改写其他圆环物质的基因组。新的高位指令会自动传染相邻的物质。

从水星中脱离的圆环物质通过微型太阳帆改变轨道,如果计划顺利,一个垂直于黄道面、半径四千万千米的新圆环很快就会开始形成。

现阶段可以改写的只有圆环物质的位置信息。抵达那个位置的过程,成长到宽三十万千米的时候是否会形成"岛",减速激光是否会瞄准正确的方向,这一切都不得而知。只能相信基因程序的灵活性了。

脱离水星引力圈的圆环粒子能够自由移动,如果它们愿意,甚至可以脱离太阳系。正是由于这个原因,重建圆环的计划被视为风险极高的冒险,但就这点来说,莫瑞自己倒不担心。圆环物质最需要的是太阳光,如果远离太阳达到一定距离,它们就会感到"不爽";抵达程序规定的位置,它们就能获得最大的"快感",并停止移动。就算编程错误,它们也不会脱离以太阳为中心、半径四千万千米的球面多远。

投放"信使2号"八小时后,一部分圆环物质开始从水星公转面沿上下方向分离。

三十小时后,圆环物质的迁移轨道开始显现,那是两股对称的曲线。计算出曲线的行进方向之后，莫瑞在狭小的睡舱中挥舞起拳头，"完美的螺旋轨道迁移！它们就像是进行思考之后，集体向新目标迈进。快联系白石亚纪！她所设想的圆环看来要成真了。"

6.　2028 年 10 月 20 日

　　继第一次成功投放之后，第二批"信使2号"也于2027年4月
进行投放。水星上的防御设施没有对从水星轨道中洒落的气雾
状物质做出反应，任由它们自由抵达地面。两周之后，从水星喷
射出的所有圆环粒子都换上了新的基因组。

　　从宇宙中降落的"信使2号"是如何感染自动工厂的，具体过
程无从得知。但这可以通过人类的日常经验来解释——注射进
血液的药物，无须任何诱导就能抵达必要的场所发挥其功效，两
者的原理应该是相同的。

　　这样一来，联合国宇宙防卫军就不用冒着危险周而复始地摧
毁圆环了。就像亚纪预测的那样，新的圆环在预定位置一点点建

造起来。

下面就是等待圆环的宽度达到三十万千米的那一刻了。如果"岛"得以生成，减速激光得以运转，那就有希望和平地迎接圆环建造者进入太阳系。当然，前提是这些工作都能在有限的时间内完成。

减速装置预计将在2043年完成。虽然也有人研究如何加快这一进程，但还没有任何建设性成果。

最快也需要再等十四年，外星船队才能在太阳系停下来。

到那时，亚纪已经六十七岁了，活到那样的岁数应该完全没有问题吧。虽然亚纪心头也十分急切地盼望建造者早日到来，但如果船队提前进入太阳系，她必定相当失望，因为那时减速激光还无法发挥作用，外星船队不可能在太阳系停泊下来。

素未谋面的外星访客啊，虽然不知你们遇到了怎样的变故，还请你们放松心情慢悠悠地旅行吧，最好能制定一个绕路的航行计划啊——亚纪这样祈祷起来。

"入驻金星基地的人选交给UNSDF司令部来定？这是什么意思?!"在科学委员会的例行会议上，亚纪第一次知道有这样的决议。

虽然没有明文规定，但由科学委员会确定与圆环物质研究相关的人员已是惯例。

"夯实基础的工作已经结束。圆环物质中蕴藏着潜力无穷的纳米技术，为了更加广泛地对其进行研究应用，就必须重新选拔合适的人选，这已经不是我们职责范围之内的事情了。"

"可是……"

"争分夺秒重建圆环的工作已经结束。"另一个委员说，"一直以来都是我们少数几个人说了算。那是非常时期采取的非常措施。现在不能这样独裁了，对吧?"

"话虽如此……"尽管亚纪面露难色，最终还是点头同意了。

从道理上讲，这样的决定的确无可厚非。

过去狭小的太空舱如今已经发展成有四十名研究人员常驻的金星基地。加上轮替人员和地球上的支援人员，总共有上千人。如此多的名额都交给小小的科学委员会选拔任命，显然不太合适。

这样一想，亚纪反倒轻松起来。

7. 2029年1月12日

"如果建造者抱有敌意,人类是无法取胜的。如果它们没有敌意,人类就没有必要迎击。如果在对方没有敌意的情况下贸然出击,就有可能挑起星际大战。总而言之,人类的最优选择是:保持友好。"

康奈尔大学里德利报告厅中,亚纪的新年演讲即将进入尾声。

这时,一名学生站起身,请求发言。

"你那不是投降主义么?因为无法取胜才摆出友好的姿态,我觉得这不是真正的友好。"

"我的意思是,人类无法取胜它们,这是铁板钉钉的事实,所以我们没必要孤注一掷。"

"那么,如果人类能够取胜,如果人类拥有能击退它们的军事实力,你仍然主张友好吗?"

"当然。"

"如果用囚徒困境①理论来分析这一问题,就会发现提倡和平主义的人愚不可及:如果建造者不予攻击而我们发动攻击,我们毫无损失;如果双方都发动攻击,那我们未必会输。如果只有它们单方面发动攻击,我们就只有灭绝了。"

"这是面对一次选择的情形。IPO——反复型囚徒困境当中,不断背叛的种族必将衰退。试图合作的种族会慢慢地积累利益共同点,保证持久的发展。这就不是零和博弈了。"

"但我们现在面对的就是一次选择的情形。如果选错了,人类就会灭亡。"

"你进行推导的前提不够充分。如果人类拥有可以同建造者抗衡的军事实力,肯定就同时具备了往外星球移民的能力,这样的人类是不会一次性灭绝的。"

"你说的没错。不过……"学生沉默了,然后坐了回去。

报告厅里响起了交谈声。换作是两三年前,这里肯定会有

---

① 博弈论的非零和博弈中具代表性的例子,反映个人最佳选择并非团体最佳选择。

人拍手支持亚纪,但现在不一样了。

一名女生举起了手。

"请讲。"

"恕我直言,我很不安。明年就是2030年,圆环建造者可能飞跃太阳系的第一年,但明年减速装置肯定是无法运转的,人类很可能遭到报复。难道以后的十年、二十年,我们都要生活在这样的担心之中吗?"

"那就试着转移注意力吧,比如研究如何同圆环建造者进行沟通。"

"我想补充她的意见。"旁边的一名男生接着发言道,"我们的不安是事实,而这种不安会转化成更实际的东西。大多数人担心世界明天就会灭亡,势必造成通货紧缩。而通过大规模的备战动员,就能有效地抑制这种局面。"

"你是说摆在我们面前的只有战争这一条路吗?"

"你摧毁圆环的时候,我只有十三岁。直到现在我还清晰地记得当时万众欢腾的场面。'法朗克斯号'上四名船员的照片被张贴得到处都是。事在人为的道理,是你白石亚纪教给我的,但现在你却像是变了个人似的,为什么你不能再次带给我们勇气呢?"

七年前的自己和现在的自己,真有这么大的差别吗?

那时候的自己和现在的自己，都是在迷茫中摸索前进——
至少这一点没有变。

"是啊。那个时候，在我降落到'岛'上之前，我的脑中对建
造者并没有特殊的印象。圆环是智慧生命所建，这在当时还只
是推测，甚至有学说认为圆环本身就是生命体。通过研究'岛'
的机能，我知道一个庞大的外星船队正在朝太阳系赶来，于是我
的注意力从圆环转移到了圆环背后的外星船队上。但是，我还
肩负着破坏圆环的使命。我是在万般纠结的心情下将圆环破坏
的，在我看来，这绝对称不上是英雄行为。"

学生的脸色一沉，然后说："你是怎么看待马克·里德利的牺
牲呢？"

"这——"

马克如果知道了"岛"的作用，肯定也会迷茫吧。

亚纪摆摆头。马克曾经说过，为了拯救人类，他愿意做任何
事。

亚纪的眼前又浮现出马克的脸庞，与眼前这名学生的身影
重叠在一起。如果马克看到现在的自己，会说些什么呢？

"他是一名勇士，只有他是真正的英雄。"亚纪好不容易才开
口回答说，"我能讲的仅此而已。"

演讲结束后，亚纪返回休息室。主办方笑容满面地要求与

她握手。

"非常感谢！你的演讲棒极了。"

"同学们似乎并不能完全领会我的意思。"

"你谈的问题本来就存在许多不同的见解。如果能够轻易得出结论，就不需要专门邀请你来演讲了。"

"言之有理。"

在返航的飞机上，亚纪回味着与学生的争论。

自己之所以主张友好，是希望能与建造者交流，但这种观点真的没有投降主义的色彩吗？如果人类的技术水平与建造者相当，自己真的不会主张立刻组建舰队迎击吗？

不会有来自宇宙的侵略，能够跨越星际空间来到太阳系的访客，肯定是更加优秀的智慧种族，人类必须无条件地欢迎它们的到来——自己莫非是陷入了这样一种迷信当中？

换作是马克的话，他一定会把人类的存续作为最优先的考虑。

倘若真要交战，人类该如何应对？现实总比想象复杂得多。如果这是发生在人类之间的军事行动，双方首先会发出警告、进行威慑打击，并观察对手的反应吧。这也可以称作是一种沟通。然而，自2023年开始的与建造者之间的对话尝试，自始至终都没有收到任何应答。

就算对方没有明显的敌对表现,只要对人类构成了威胁,也应当采取军事行动。对人类不理不睬、高速向太阳系逼近的物体明显是种威胁,准备迎击是理所应当的。

过去的七年中,世界的粮食产量恢复到了圆环出现前的百分之八十。配给制度被陆续解除,超市中也开始有食品出售。

但现在,人类再次陷入强烈的不安之中。

原本已经逐渐消失的邪教组织死灰复燃,新的流言四处散布,生存主义者①开始修建避难所。

看着这样的人生百态,亚纪简直哭笑不得。

七年前,世界在饥饿中能被胜利鼓舞。

七年后的现在,人类在温饱中担心会再次一无所有。

入夜,回到住所的亚纪被公共网络上的新闻吸引住了。

新闻展示了再建过程中的圆环的新情况。图像并非来自联合国太空防卫军,而是出自业余天文学家之手。

现在的圆环宽度尚不足三万千米,但在它的一角出现了一小块暗斑,直径不过五十千米,其规模完全不能与"岛"相提并论,但那明显就是一个缩小版的"岛"。

_____

① 以生存为最高目标的激进主义者。

一小时后,联合国太空防卫军正式发表公告。在公布的图像中可以清晰地看到,暗斑中央有什么东西正在形成。

那是具有复杂曲线的基座。

有如探照灯的短小炮筒。

还没有完成吧,基座周围遍布着无数毛细血管状的东西。但毫无疑问,这就是七年前亚纪曾经降落其上的激光炮台。

一名据称是金星基地科学家的男子现身解说。亚纪并不认识这个人。在镜头前,男子一点儿也不发怵,反倒显得颇为兴奋。

"这是我们进行研究时的额外收获。我们原本准备近日公布这一发现,没想到率先让地球上的业余爱好者发现了。

"基地正在进行促成'岛'生长的研究工作。排列在'岛'外围的激光炮台是比'岛'本身更复杂的器官。如果能将'岛'分离出来,只制造减速激光的话,就能大大缩短工期。通过研究圆环物质的基因组,我们已经弄清楚了分离方法。为了验证方法是否可行,我们尝试了单独制造激光炮。

"说实话,我们没有料到事情竟然会如此顺利。我们正在讨论把激光炮用于人类军事防御的可能。激光炮的射程只有二百八十万千米,要作为武器使用,必须将其架设在大型宇宙战舰上。

"虽然我们还没有掌握把激光炮台从圆环上切割下来的技术,但我们已经了解到,激光炮的能量来自'油轮'细胞。尽管目前人类还只能操控少量圆环物质，但估计六年后就能掌握必要的技术。

"激光炮可以在锁定目标后漂亮地破坏高速运动的物体，这一武器完全可以成为地球防御系统的主力，如果能够将其运用自如，人类就有了更多选择。"

新闻节目上正在进行在线调查：你赞成开发激光炮武器吗？

五分钟后，提交答案的人数达到三十万。

其中，二十六万人投了赞成票。

8.　2029年2月23日

劳尔指定的见面地点,还是原来那家咖啡店。

菜单上的名目多了些,但劳尔点的东西仍旧一如既往。他端来了一盘垃圾食物,说道:"我在这里的小爵士乐队里打工。"

这儿的食物虽然很差,但劳尔的身体却不差。

五年过去了,劳尔长成了一名帅小伙儿。明亮清澈的绿眸子朝亚纪看过来,"能不能摘了太阳镜说话?"

"我是偷偷来见你的,现在也有保镖跟着呢。"

"厉害。"

其实亚纪还有别的不想摘下太阳镜的理由。在劳尔面前,她有些自惭形秽,因为她正在失去劳尔身上散发出来的那种青春的光辉。

"你在地外文明通信中心干得怎么样?"

"今非昔比啊。我现在使用的计算机的运算能力是以前的一百倍。"

前年秋天开始,劳尔开始了在地外文明通信中心的研究生活。五年前发生的那件事对他的人生产生了决定性的影响。经过那次小小的挫折,他已经摆脱了 A.I.研究中经常会遇到的一种魔咒——"似乎还能期待一下"。劳尔在语言学和认知心理学的交叉领域一路深造,在地外文明研究的学会刊物上,不时能看到他的文章。

"你还在进行 A.I.方面的研究吗?"

"谁让我还是没能死心呢。"劳尔羞涩地笑道,"不过我现在忙得不可开交,光是开发泛宇宙语就够让我头痛了。"

用完餐后,两人沿着林荫道散步。

劳尔假装什么都不知道,实际上他心里有数,一直静静地等着亚纪开口。

"你的演讲怎么样?"亚纪问。

"当然不可能达到你的水平。"

"但你写稿子相当厉害,如果你能像写文章一样演讲——"

"天知道。你想让我帮你写稿子吗?"

"对,而且是用宇宙语。"

"哈哈。"劳尔仰天干笑了几声,"我就猜你肯定有什么目的,才会专程来见我。你想让我帮你写什么?'我们知道素数和圆周率'?"

"我要你写的是:太阳系中居住着地球人。"

"太简单了。肯定不止这一句吧?"

"地球人只能生存在地球上。"

"这可不一定,不过先这么说着吧。"

"地球人想提前规避可以预见到的危险。"

"这句话稍微有点复杂,但应该没有问题。然后呢?"

"瓜田不纳履,李下不正冠。"

拉尔瞪大了双眼,"这就有点难了啊!"

"没法用泛宇宙语说出来?"

"这个……请先给我这个地球人解释一下那句话是什么意思吧。"

"好。"亚纪说,"地球人疑心病很重。"

"嗯?"

"地球人会将比自己高等的存在视作危险。"

劳尔注视着亚纪。

"地球人对生存无比执着。"

"你想说的是……"

"请告诉它们,赶紧逃!"亚纪哭出了声,"求你了！请告诉它们:不要靠近太阳系!"

拉尔紧紧地抱住亚纪的肩膀,"好的,亚纪,好的,没问题,很简单。"他双手捧起亚纪的脸,让她同自己对视,"千万不要放弃,你并不是孤军奋战,还有许多人支持与建造者对话。你知道每天给通信中心发来的鼓励邮件有多少吗？堆积如山!"劳尔做了一个夸张的手势,"我猜,建造者之所以没有回应我们,多半是因为某个环节刚好出了问题。打个比方,它们就像是病觉缺失的患者一样。你明白吗?"见亚纪没有回答,劳尔继续说明。

有一类患者,因为脑损伤而左眼失明、左手瘫痪,但却无法感知到自己的上述身体损伤。被问到左手感觉如何时,患者会回答很好。被要求伸出左手时,患者会回答"好",但实际上却一点儿也没动。

医生把患者的左手放在他能看见的地方,问这是谁的手,患者会说这是医生的;医生将自己的左手放到患者的双手旁边,患者会说这都是医生的手。如果被问及"医生有多少只手",患者会回答"三只",还会给出一个奇妙的理由:"医生有三条手臂,所以有三只手。"

"患者没有发疯，也没有觉得自己陈述的不是事实，或者讲出的道理有多荒谬。因为左右大脑半球的联系受到了损伤，所以患者丧失了正常的逻辑思维能力。与人沟通不畅的时候，患者也不会认为哪儿有什么问题。虽然我们不知道建造者的大脑是如何构造的，但在我们看来不言自明的东西，在它们看来可能并非如此，你懂吗？"劳尔晃了晃亚纪的肩，"不论是友好派还是怀疑派，都不能说完全正确，或者完全错误。外星人可以说是人类的镜子，人类将它们看成是侵略者、和平使者或者神的化身，这些都是将人类自身的恐怖和希望投射到它们身上的结果。所以，我们看不清外星人真正的模样。那该怎么办呢？答案很简单——找出真相。对外星人，我们既不能爱，也不能恨。"劳尔又重复了一遍，"找出真相，亚纪。你可以的，我会帮你。"

9. 2035年11月4日

距离人类预测的外星人穿越太阳系的最早年份又过去了五年。人类完善了观测体制——地球低轨道上布置了新的太空望远镜,联合国宇宙防卫军的宇宙战舰被调到太阳-地球系的L4拉格朗日点上。即使目标藏在太阳的背后,位于L4拉格朗日点的宇宙战舰也能看到。需要进行视差测定的时候,还可以获得较大的基线距离。

经过两个月的测试之后,直径二十米的复合主镜对准了猎户座方向。望远镜像左轮手枪一样变换着传感器,在不同的波长上连续拍摄。

每一个画面的视野中央都是恒星LCC5370——建造者的母

星。观测数据以每秒400兆的高速度传出,通过加强型深空观测网与地月轨道观测网交替传递。

首先对这些数据进行处理的是地外文明通信中心的太空望远镜监控中心。

西奥多·派克在太空望远镜监控中心已经工作了十二年,自己感觉多多少少也有些倦怠了。

但太空望远镜刚刚拍摄下的图像在屏幕上出现时,常年的倦怠之感顿时烟消云散。这可能是图像解析主任的工作造就的职业敏感所致。

西奥多的视线落在刚刚传回来的三维图像上,目前还没有对图像进行平滑处理。

"质量有些下降啊。"

"图像传感器可是新安装的。"另一名监控员转动转椅,也凑过来查看新图像。

"可是看上去有点模糊。"

"你这么一说,还真是这样……"

LCC5370周围被数个有如微尘的光子包围着。

"先前的图像呢?"

"请等等。"

与上次、上上次拍摄的图像进行对比后发现，三者之间不存在连续性。图像传感器长时间曝光后，即使对象是全黑的，也会捕捉到噪点。这次的异常情况也可以用暗噪声来解释吧。

西奥多将这件事记录在监控日志的备注栏里。

四天后，别的监控小组也发现了同样的问题。他们暂时中断了观测，将太空望远镜对准空荡荡的宇宙空间，重新拍下一幅图像。

没有发现噪点。

除去有噪点的图像上属于LCC5370自身的光点，将有问题的光点集中起来。

图像上出现了什么东西。那些光不是噪点，而是真实存在的。

召开干部会议之后，大家决定进行集中观测。作为预备观测器的轨道望远镜也加入进来，以获取更大的集光量和更高的瞬时清晰度。

结果一时让人难以接受。

仔细检查测量仪器和观测顺序后，确认这一结果准确无误。

那是峰值高达一亿度的黑体辐射[①]。考虑到太阳的表面温

---

① 即热辐射，是物体由于自身温度高于环境温度而产生的向外辐射电磁波的现象。

度只有六千度，这样的高温简直不可想象，仿佛是恒星内部的核反应外露了一样。

光点每秒明灭约两千五百次，起先观测人员认为明灭的时间间隔是随机的，但他们很快就发现，事实在正好相反，那实际上是八组有规则的脉冲，每组脉冲每秒明灭三百一十六次。

光源周围有一圈淡淡的光晕，光晕的辐射温度很低，通过光谱分析大致能推算出其中的元素构成。

不久，天文卫星的数据也传了回来，为进一步判断提供了依据。

在与光源相同的位置上，观测到了伽马射线源。

西奥多的手颤抖起来，"它们……没有用激光帆减速吗?"说着，他摇了摇头，"怎么会这样?"

"可是，这也并非完全没有可能啊。"一名年轻的监控员说，"它们想利用核脉冲引擎减速——应该是这样。那是核脉冲引擎，对吧?"

"是的。八台独立的核聚变脉冲引擎。它们发现减速激光没有按时抵达，于是改变了计划。"

"那燃料如何解决呢？它们之所以选择激光推进，就是为了避免携带燃料。如果要利用核脉冲引擎将行进速度由六分之一光速降低到零，飞船绝大多数的有效负荷都会被燃料占据，它们不可能装载那么多燃料!"

"但它们拥有高度发达的纳米技术。"

"就算是纳米技术,也不可能无中生有吧!除非它们在进入奥尔特云时收集了燃料,不过以船队的速度,一与彗星接触,彗星就会被撞成齑粉。"

"不是这样。它们——它们正在将自身转换为燃料。"

"啊?"

"一百五十亿吨的质量,正在被一点点投入核聚变的熔炉中。"

"怎么可能……"

"船壳、隔舱、食物,还有——"

西奥多的声音颤抖起来,双手捂住脸。

等外星船队抵达太阳系时,还能剩下多少质量呢?

核脉冲引擎的平均喷射速度为每秒两千千米,经过计算得出质量比:在太阳系停止下来时质量将只有原来的万分之一。

仅仅一百五十万吨,只相当于三艘大型油轮。

即使付出如此沉重的代价,它们也要在太阳系停下来。

无法理解,它们难道不是打算移民吗?

预测结果显示,它们将在六年后抵达。

10. 2037年11月20日

虽然亚纪主张半年一次就可以了,但她的主治医生还是坚持让她每月接受一次全身扫描。圆环破坏行动中,亚纪承受了过量的辐射,所幸没有急性症状出现,但遭到破坏的基因迟早会引发新的疾病。

"我也有使命感啊。"可涅夫医生说,"如果白石亚纪因为恶性肿瘤倒下了,对舰队的士气将是沉重的打击。"

因为医生同亚纪相识已久,所以才能毫不忌讳地发表意见吧。

亚纪苦笑着,"好吧。不过,我希望你能再帮我一个忙。"

"什么事?"

"告诉我医院的后门在哪儿。我不希望不识趣的保镖一直跟着我。"

主治医生没有多问,只是扬起了眉毛。

免费开放的太平洋贝尔公园里人山人海,日落后的冷空气似乎也被这样的热闹气氛一扫而空。随着八点钟的临近,人潮也越发汹涌。

亚纪就在人潮当中。她拒绝了参加华盛顿举行的仪式的邀请,围上围巾,戴上太阳镜,乘坐地铁来到这里,前来看她最不想看的东西。为何会有这样的举动,她自己也说不清楚。

这场盛会实际上就是检阅式。

四年前,亚纪就任地外星文明通信中心主任。不论当时还是现在,与建造者的沟通都没有多少进展,已经有人提出异议,希望不再将联合国预算拨给这种没有希望取得成果的项目。

亚纪接受任命时,上层鼓励她重振通信中心,力图与外星人实现沟通,但亚纪心里明白,这不过是体面的明升暗降罢了。联合国宇宙防卫军之所以会保留地外文明通信中心,只是为了摆出"人类仍然希望首先进行对话"的姿态而已。

今天亚纪之所以来到这里,并不是因为对友好派的示威抱有多大的期待,或许只是想看看大家的脸庞,感受感受他们的生命力吧。现在的亚纪需要的正是这种东西。

得知外星船队正在尝试依靠自己的力量停泊在太阳系,联合国宇宙防卫军的太阳系防卫计划被彻底推翻了。

现在人类不再全无获胜的希望了。圆环建造者已经放弃了对人类来说最大的威胁——极快的速度和庞大的质量。甚至就连地球上的战舰也可以对其展开迎击。

人类开始开发专门用于迎击圆环建造者的核导弹以及"蛛网"。

在太空里,核武器的威力小得惊人,顶多只能让几百平方米的区域蒸发,对体型庞大的目标来说并不适用。尽管这样,就现在人类的技术而言,还没有研发出比氢弹更具杀伤力的武器。一枚核导弹相当于油罐车大小,由粒子床型核动力引擎推进。

为了弥补核导弹的缺点,"蛛网"被开发出来。它是用钢线编织而成的直径四千米的网,装在密封容器里,利用离心力将其在外星船队的航路上展开。尽管没有携带任何炸药,但以秒速六千米的相对速度撞上后,它应该会给外星船队造成巨大的破坏。

矗立在场外巨大屏幕上的时钟已跳到八点。

UNSS"米利肯号"传回的图像显示在屏幕上,那是位于舰首武器悬架上的摄像机拍下的画面。像是镀了一层水银的圆柱形物体正与悬架缓缓分离。

"核导弹发射了！现在看到的是推进引擎点火的样子！"

主持人这样解说道，但亚纪知道现在不过是启动了姿势控制引擎，核引擎必须在达到安全距离之后才会点火喷射。

导弹闪耀着白色的光芒，眨眼间就提升到极高的速度，飞行两百千米后便与背景的星辰融为一体。很快，导弹飞去的方向又爆发出新的闪光，并迅速扩张为纯白的火球，眨眼间烟消云散。

人群中弥漫着一股失望的气氛，但主持人却为爆炸的成功和威力的强大而大声欢呼，观众这才配合着拍起了手。

接着开始试射"蛛网"。由于这些画面是无法通过肉眼看到的，所以主办方特意使用了红外线摄像机摄影，传回的画面也经过了处理，特别突出钢索的线条。在距离战舰十千米的地方，巨大的"蛛网"被逐步展开。相对于其庞大的规模来说，"蛛网"展开的速度简直令人瞠目结舌。这幅场景甚至比核导弹爆炸更具震撼力。

晚上九点，终于进入了今天聚会最重要的环节。

"这实际上是七分三十秒之前的图像。拍摄的对象是镇守在圆环附近的 UNSS '汤姆森号'舰首的巨大激光炮！真是一幅壮观的图景啊，激光炮仿佛是被黏附在战舰上似的。"

这艘第二代宇宙战舰与激光炮连接后，模样就像是酒杯的杯脚。但这件"最终兵器"并没有看上去那样沉重。在实际展开迎击时,另一艘UNSS"贝克雷尔号"将与它相互呼应,构成最终防卫线。

"现在UNSS'汤姆森号'无人值守,由位于它后方三万千米处的'贝克雷尔号'中的船员远程操控。攻击目标是位于'汤姆森号'前方两千千米处的废弃燃料箱。发射即将开始!"

视野之中出现了三个等间距排列的卵形物体。

屏幕右下方出现了倒计时,观众席上立刻变得鸦雀无声,只能听见来自远处都市的噪音和汽车喇叭声。

倒计时跳到零的那一霎,屏幕突然变为一片雪白。画面恢复正常后,屏幕上空无一物。

将图像慢放后发现,激光炮发射千分之五秒后,燃料箱变成了卵形的气团,并立刻以每秒十千米的速度扩散到视野之外。

"难以置信! 难以置信! 这就是激光炮的威力! 激光炮实验成功了! 这便是人类新的倚仗! 我们终于拥有能与建造者相抗衡的武器了!"

主持人的尖声叫喊被淹没在群众的欢呼中。"噢噢噢"的齐声呐喊回荡在会场上空,经久不散。

那就是可以与建造者相抗衡的武器吗? 联合国宇宙防卫军通过屡次尝试找出了促使激光炮发射的诱发因子,但他们并不清楚应该如何进行瞄准和充能，只能将"岛"上的炮台整个切割下来运走。

亚纪抬头仰望清冷的夜空，摩天大楼之上露出猎户座的身影，它腰部的三颗亮星附近出现的新星熠熠生辉，其亮度已经直逼夜空中最亮的恒星天狼星。

新星光芒的成分虽然无法通过肉眼判明，但在解读出天文卫星发回的观测数据的那天，亚纪禁不住快要吐了。这样的感觉，她现在仍记忆犹新。

铁、铅、铝、氢、硅、碳、氮、氧。

它们的飞船连同它们自身的构成元素都被分解到原子水平，正在往地球降落。

它们只保留总质量的万分之一，其他的一切都被牺牲了。

它们为什么做出了这样的选择，又是如何实施这一决定的，人类不得而知。

但有一点，亚纪凭直觉感到了。

它们没有迟疑。

亚纪觉得，它们在得知减速激光没有抵达之后，便立刻决定使用核脉冲引擎。

西南方向升起一群新的光点。

"快看天空,那是我们的舰队正在通过!"

那是在四百千米高的停泊轨道上整齐排列的联合国宇宙防卫军第一宇宙舰队及其后勤保障部队。光点一共有十七个,它们选在激光炮试射这天通过北美上空应该只是巧合。

有人抓住了亚纪的手。

原来是柯林斯。"害我找得好苦。"他说,"你一个人跑到这里来,让我很难办啊。"

"抱歉。"

亚纪乖乖地跟着保镖,登上了一旁等候的轿车。

11．2037 年 11 月 23 日

司令室的内部装修相当简朴，房间一角的巨大地球仪是室内唯一的色彩。房间北部有一扇落地窗，亚纪站在窗边，注视着下方的大厅。那里的空间足以容下两艘巨型油轮。

联合国宇宙防卫军舰队司令部实际上是一座地下都市，其建造标准远超美苏冷战时为预防核打击而修筑的地下堡垒。即使地球遭到动能武器和纳米机器的攻击，地表变成真空，这里也可以供五百人生存两年。

虽说宇宙战舰的操作已经实现高度自动化，但一艘星际核动力宇宙战舰的运行维护仍需要动用至少六十名专家。交战中，各战舰计划投射的武器的实时操作复杂之极，必须有专人负

责相关操作。

地球上的二十七个地点、轨道上的十八个地点都设有观测设施，它们构成了战况观测部。观测对象包括外星飞船、水星、金星、圆环各部分，以及所有的内行星空间。司令部里配备了四十人，专门负责用高性能计算机处理这些观测得来的信息洪流。

从地球上看，人类战舰迎击外星船队的地点在太阳的后面，从那里发出的信号传到地球需要二十分钟，而双方交战时必须在数微秒内做出各种决定，所以作战指令主要由前线的战舰和武器上搭载的电脑做出。

另一方面，宇宙大战必须提前数月、甚至是数年展开行动，否则就无法锁定射程内的目标。兵贵神速，为了预测敌人的行动，就必须使用最灵敏的观测仪器。

作战指挥官除了面对时间迟滞问题之外，还必须与信息洪流搏斗。

模拟演习中，在最糟糕的情况下，可能一次性涌入数百万条报告。数量庞大的报告分配给各个小组，各个小组分析出其中有用的情报，并做出相应的决定。这些决定会被赋予一定的优先顺序，以激光、毫米波和微波的方式发送给舰队。

这些指令也并非第一时间就能抵达舰队船员手中，而是先由电脑辅助系统加以处理,过滤掉已经做出反应和已经与现状不符的指令,再将内容整理好后,传达给船员。

"真是了不起的设施。"亚纪礼节性地恭维道。

罗宾斯司令官似乎并没有注意亚纪说了什么,而是一直注视着她的表情。

"你肯定很恨我吧?"

"请原谅我没有参加典礼。我的行为不够成熟。"

"不用道歉。以你现在的状态,就算来典礼上发了言,也达不到理想的效果。"罗宾斯往两个瓷杯里倒入咖啡,"这里的一切,数年之后都将被废弃。虽说很可惜,但我以前在战略空军部队待过,对这种浪费已经司空见惯了。北非的雷达网被废弃的时候,我就曾想过,用构筑雷达网的钱能救活多少即将饿毙的孩童啊。但修建雷达网也确实是当时形势所逼。"

亚纪默默地啜饮着咖啡。

"你是拯救地球的英雄,但对我这样的人来说,马克·里德利同样也是英雄,尽管他来自海军。"

"他也是我心目中的英雄。"

"我不想让他白死。"

亚纪抬头看着对方的脸。

"你终于肯面对我了。那现在说正事吧,你提出想在接触阶段使用三艘战舰,我无法接受这一提议。"

亚纪来到罗宾斯的椅子旁,罗宾斯从抽屉里取出一封信。

"只能派一艘战舰前去迎接外星船队,由你负责指挥那艘战舰。之所以会委任你,是因为除你之外别无人选。"

亚纪打开信封。里面是任命自己为UNSS"法朗克斯号"舰长的委任书。

"不要以为给你派了艘老式战舰。'法朗克斯号'已经经过改装,装有二级核动力引擎。只有这艘战舰才能完成与外星船队会合的任务。我的参谋们还对此颇有微词呢。"

迎接外星船队的只有"法朗克斯号"这一艘战舰,其余八艘用于在接触失败后进行迎击。执行攻击任务,载重量比变速能力更重要。如果要合理分配有限的资源,就只好如此了吧。

"迎接外星船队的战舰上没有配备武器,危险度极高。你确定要接受任命吗?"

"能担负这项工作,我荣幸之至。"

"很好。你的战舰上共有五名船员,其中三名将会进入外星飞船,你本人当然也包含在内。另一名是海军出身的保镖,由我为你挑选。第三名是科学家,最好能兼具工程师的技能。这个人由你自己挑选。不需要层层选拔,这是军事行动,你可以自由任命,只需要直接命令他跟你走就行。"

"明白。"

返回住所的途中,亚纪在豪华轿车里陷入了沉思。

希望与建造者见面的地球人有几亿呢?各种能力兼备的候选人,亚纪也能想出几十个来。

可是,与建造者相见之时,她只希望两个人在身旁。

其中只有一人现在还活着。

如果任命那个人的话,肯定会招来不少口舌之争。但对亚纪来说,这都无所谓了。

现在就告诉他吧。亚纪并不喜欢像司令官那样把对方叫到办公室里有装模作样地演说一通,对她来说,一通电话即可。

"你好!现在轮到我来回报你了。说不定会让你遭到多方怨恨,你认为怎样?"

"我无条件接受。"劳尔的回答在亚纪的预料之内。

"听好了。我邀请你登上我的飞船。"

"你的飞船是——"

"我弄到了一艘大飞船,太阳系里最快的那艘。"

第三章 接 触

1. 2041年3月4日

"时间到了……起航的时间到了。请看,九艘核动力宇宙战舰起航了。排在第一位的是UNSS'法朗克斯号',由白石亚纪率领的接触舰。接下来,UNSS'卢瑟福号'和'查德威克号'也脱离轨道……啊,现在切换到在晴朗的圣诞岛①上拍摄的画面,现在是当地时间凌晨五点十四分。"

云层之上若隐若现的物体突然喷射出蕾丝模样的推进气体,这些气体迅速扩散开来,形成满月大小的光晕,把战舰的光

① 爪哇岛南部印度洋东部的一座岛屿,由澳大利亚管辖。

芒包裹起来。光芒逐渐靠近地平线,越来越淡。这部分画面也逐渐缩小,被另外的报道取而代之。

接下来是各国首脑的讲话,罗马教皇、各行各业的领头人、体育明星、获得诺贝尔奖的科学家也将陆续发言。

1969年的夏天,黑白电视大行其道。七十年光阴转瞬即逝,今天,联合国宇宙防卫军宇宙舰队的起航转播使用了人类有史以来最先进的转播技术。

主画面周围是一层层排列的图标,表示包括月球、水星、金星、地球低轨道和静止轨道在内的全世界五百个地点拍摄的图像。只要没有观众提出特别要求,主持人可以自由选择将任意图像显示在主画面上。全世界一共有八百名主持人同时登场,甚至有专门的频道显示每名主持人的收视率。

亚纪在睡舱中监督着全电脑操控的轨道脱离过程,另一个窗口中播放着转播图像。

教皇演讲过程中,主持人将画面切换到卡耐基音乐厅。

指挥棒上下飞舞,美国五大乐团正在联合演奏《星球大战组曲》。

亚纪苦笑起来,这时劳尔的声音通过舰内通话频道传来:"这对怀疑派来说可是一份大礼啊。"

"切换到维也纳音乐厅吧,劳尔。那里演奏的是《英雄交响曲》,比较对你的胃口。"系统工程师艾达说。艾达总是会回应劳尔的话,他俩的融洽度正在迅速提高。

"这可说不准,《星球大战》里头也有很多提倡同外星人友好交流的部分啊,如果没有发动侵略战争的话——"

那头的两人似乎准备展开长时间的对话,亚纪降低通话频道的声音,打开了别的频道。

在伦敦,皇家交响管弦乐团正在演奏埃尔加[1]雄壮的进行曲。在莫斯科,基洛夫歌剧院管弦乐团和合唱团正在演出《史丹卡·拉辛》[2]。根据字幕介绍,这也是俄罗斯民间流传的英雄故事。

亚纪对接触小组的另一名成员说:"约瑟夫,你在听什么地方的音乐?"

"柏林的。"特种部队出身的约瑟夫答道。

约瑟夫只有二十六岁,却表现得沉着稳重、颇有教养。

看到约瑟夫,亚纪眼前又浮现出马克·里德利的形象。约瑟夫是为了保护亚纪和劳尔而加入接触小组的。先前的训练中,

---

① 爱德华·埃尔加(Edward Elgar,1857-1934),英国作曲家,被认为是二十世纪复兴英国音乐的先驱者。

② 俄国作曲家亚历山大·康斯坦丁诺维奇·格拉祖洛夫于1885年创作的交响诗。

约瑟夫像猫一样敏捷，每每遇到危险就会立即替亚纪挡住，而每当这时，亚纪的心就会抽疼一下。

亚纪也切换到柏林频道，瓦格纳①管弦乐团的演奏正一点点步向高潮。

"是《唐怀瑟》啊。"

那是一个爱欲与信仰冲突纠缠的故事。亚纪决定好好听听。

亚纪调出外部摄像机拍摄的影像。

半月状的地球和月球已经变得很小了。

亚纪眺望着那两颗星球，心情出奇的平静。已经没有任何人能阻挡自己了。自己再也不用同"人类社会"这个捉摸不透的怪物战斗下去了。

作战的成败全系在"什么时候开始"和"需要准备到何种程度再开始"这两个问题上。

舰队需要在正式接触之前的五个月出发，那时所有的行动计划都必须敲定，出发后能做的只有微调而已。

可是，直至舰队出发，外星船队还在冥王星之外九十亿千米的地方。若将这次作战视为足球比赛，那么人类的舰队就好似守

---

① 理查德·瓦格纳(Richard Wagner, 1813–1883)，德国歌剧作曲家，德国歌剧史上举足轻重的人物。

门员。对方还在两百米外带球，守门员却必须提前决定防守在八米宽球门的哪个位置，并且一步不移地坚守在那里，直到最后。

"如果建造者没有摆出对人类不理不睬的姿态，我们也不会尝试迎击吧。"联合国宇宙防卫军的一名军官直率地说道。

外星人无视了人类为沟通做出的所有努力，径直照原路线推进，完全不把人类放在眼里。如果它们真是故意对人类不理不睬，那它们肯定能够很容易地躲开人类的进攻。

外星飞船的减速率是恒定的，一直维持在$-0.01g$。对一般的宇宙飞船来说，燃料消耗掉的同时加速度会增加，但外星飞船在连续变化着推力。六年前的八台引擎现在只剩下一台，不再使用的引擎可能已经被转换成了燃料。

只有高度发达的纳米技术才能完成这一转换。外星飞船之所以一直保持等加速度运动，应该是为了竭力保证船体不至于解体。

如果保持这样的减速势头，外星飞船会在内行星带的某个地方停下来——估计会进入围绕太阳的行星轨道。

那样一来，外星飞船就可能成为独立的人工行星。在经历一番痛苦的旅程之后，它们自然会选择停靠到某个天体附近吧。候补对象有五个：圆环、水星、金星、地球和月亮。

　　它们为什么不在柯伊伯带①和外行星上补充资源呢？一种有力的解释是，它们的纳米技术需要使用太阳光。光子可以高效地给微小的粒子、甚至原子供给能量。纳米机器一开始也选择在水星上出现，它们在那里利用太阳能建立自动工厂，进而在水星轨道内侧构筑了直径八千万千米的圆环。

　　经过对外星飞船的高精度观察，圆环被从候选目的地名单中排除了出去。圆环相对于太阳静止，外星飞船相对于圆环的速度太快了。

　　接下来，飞队径直经过地球和月球的可能性也很高。这让许多人都长舒了一口气，暂时从巨型外星飞船从天而降的恐惧之中解脱出来。

　　当外星飞船抵达距地球八十天文单位——大致相当于冥王星轨道半径的两倍——的时候，其目的地终于明确了。外星飞船正以每秒一千五百千米的惊人速度，朝水星飞去。

　　半年后，外星飞船抵达水星附近时，速度将会降至每秒四十千米。

　　联合国宇宙防卫军舰队司令部在制订作战计划时，更看重速

---

　　① 距离太阳四十至五十天文单位的一个带状区域，是现在人类所知的太阳系的边界，也被认为是太阳系大多数彗星的来源地。

度,而不是位置。

如果在外星飞船的速度尚在太阳系逃逸速度之上时破坏其推进装置,外星飞船就会通过太阳系,再也无法回来。如果外星飞船的速度已经降到太阳系逃逸速度之下,就算将飞船击碎,其残片也会停留在太阳系内。这样一来,说不定就会有少量的纳米机器漂落到某个行星上,开始对其进行改造,重演水星发生的一幕。

越靠近太阳,所需的逃逸速度就越大,而飞船还在持续减速中。如果在飞船速度降至最低逃逸速度之时将其击碎,爆炸会为碎片提供加速度,这样所有的碎片都能飞出太阳系。

基于这样的理论,舰队司令部布置了防线。

"外星飞船抵达水星五天前,也就是7月29日上午十一点,开始迎击。"舰队司令官宣布。

如果外星飞船在水星前三千万千米、速度为每秒八十八千米时还未与其成功交涉,联合国太空防卫军舰队就将对其展开迎击。人类舰队由以下九艘战舰构成:

1. UNSS"法朗克斯号"(接触舰)

2. UNSS"卢瑟福号"(第一迎击群)

3. UNSS"查德威克号"(第一迎击群)

4. UNSS"居里号"(第一迎击群)

5. UNSS"克鲁克斯号"(第二迎击群)

6. UNSS"爱因斯坦号"(第二迎击群)

7. UNSS"米利肯号"(第二迎击群)

8. UNSS"汤姆森号"(激光炮舰)

9. UNSS"贝克雷尔号"(激光炮舰)

　　除了UNSS"法朗克斯号"之外,另外八艘战舰只是与外星飞船发生轨道交叉,并不会与其正面接触。

　　迎击分为三轮,由于作战再编队的关系,每轮之间需要间隔二十四小时。第一迎击群在第一天发起攻击,第二迎击群在第二天发起攻击。为了避免被爆炸波及,每艘战舰都相隔二十万千米,并在迎击开始的十四小时前发射核导弹和"蛛网"。

　　剩下的两艘战舰在第三天用激光炮给予外星飞船最后一击。UNSS"贝克雷尔号"负责输送激光炮,由于激光炮十分沉重,所以中途会转交给"汤姆森号"。"汤姆森号"在任务达成后,燃料会消耗大半,所有船员将弃舰转移到"贝克雷尔号"上。

　　亚纪指挥的UNSS"法朗克斯号"将在迎击前与外星飞船会合,三人接触小组将进入外星飞船内部。

与外星飞船会合的条件十分苛刻，如果换作迎击，只需保证轨道彼此交叉即可，而会合就需要确保在速度、方向和位置方面万无一失。

然而，为了保证充足的迎击时间，必须在外星飞船还处于高速时就与其会合。

为了实现接触，法朗克斯号在船体后方连接着由四台NERVA Ⅲ型核动力引擎组成的超大助推器。尽管"法朗克斯号"上只有区区五名船员，起航时战舰全长却达到一百八十米，比任何一艘太空战舰都要大。

"法朗克斯号"拥有舰队中最强大的变速能力，但仍需等待外星飞船的速度降至每秒九十五千米以下，方能与其会合。双方的会合将在迎击开始之前的二十小时发生，在二十小时之内，接触小组必须登上外星飞船，尝试与其沟通。就算接触小组有去无回，迎击也会准时展开。

对此，亚纪早有心理准备。

亚纪平静地接受了之后五个月的行动计划。她现在能做的唯有祈祷战舰能够经受住变速的考验，以及外星飞船不要改变航线而已。

2. 2041年6月14日

　　舰队朝太阳方向加速前进,在出发后的第一百零二天通过近日点,九艘战舰在这里大幅减速,进入与水星轨道大致重叠的圆形轨道。水星轨道是椭圆的,外星飞船朝水星正面飞来,迎击舰队可以从侧面向其投射武器。

　　在这片宇宙空间中,有可能接触到从水星喷射出的圆环物质,所以所有的战舰外壳上都覆盖着一层耐纳米机器涂层。这是分析"信使"细胞得到的技术,涂料被植入有避免"同类相食"的信息。只要这种涂层能正常发挥作用,马克·里德利的悲剧就不会重演。

　　舰队分为四组,很难进行实时沟通。各舰面临的情况互不相同,瞬息万变,大家只能随机应变。

舰队来到近日点时,外星飞船还在木星轨道和土星轨道之间,五十天后,它就能抵达水星。

面对星际宇宙飞船的强大威力,有年长的技术人员忍不住感叹说:"简直就跟《未来舰长》①里面描述的一样。"

7月19日,外星飞船横穿过地球轨道,但由于它从太阳背后经过,地球上的观测器无法直接对其进行观测,但法朗克斯号的超级望远摄像机成功拍摄下了外星飞船的模样。

用画面处理技术将脉冲引擎的光芒消除后,一个车轮状的物体浮现出来。

它同过去的宇宙战争想象图里描绘的外星飞船一模一样——引擎位于船体正中,直径约三百米,整体上就像油炸面包圈。

虽然没能拍摄下外星飞船的表面细节,但从抓拍的画面中能够观察到光团沿圆周移动。光团四十三秒走完一圈。这表示该物体正在通过自转使圆周部分产生0.3g的重力。

"哇哦,七百亿美元的投入总算没有白费!"亚纪在睡舱里兴

----

① 美国科幻作家艾德蒙·汉米尔顿(1904-1977)所著科幻小说。日本东映动画公司曾将其改编成五十二集电视动画片。

奋地说。

关于外星人的形态有无数的假说——人工智能、机器人、纳米机器、微生物、冷冻受精卵、只有脑髓的智慧体——与这些假说相比，实际情况却简单得不能再简单。

"需要制造人工重力来运输的东西，除了活体还会是什么？以这种重力而论，对方应该与地球生命处在同一等级上。"

"这下你高兴了吧，亚纪？"劳尔说，"是可以拥抱、握手的外星人呢。简直越来越像太空歌剧了。"

"但你听上去并不高兴。"

"对致力于研究智慧生命终极形态的科学家来说，这样的结果无异于当头一棒。"

"是吗？"

"本以为掌握纳米技术和星际航行的文明应该已经舍弃肉体这一累赘了。但事实却是，不论纳米技术怎么进步，也无法将意识移植到电脑里。"

"如果真的可以实现意识移植，那么开始改造水星之时，它们的旅程就已经结束了。将意识信息化，就能与纳米机器一同抵达水星了。"

"对。但大脑是不可能随随便便就被信息化的。就连构成大脑的每个原子的量子状态都具有一定的意义。如果要将大脑信息化,那么保存这些信息的物质必须与大脑相当——想要传输这些物质,就必须花费大量的时间,所以外星人后来组建了庞大的船队。"说到这儿,劳尔自嘲般地笑了起来,"反正我是这么认为的。不过,在旋转重力区里装载的似乎并不只是大脑或电脑。意识这种东西,到底还是不能与身体分离啊。"

说完后,劳尔便陷入了沉默。这样的情况很少在他身上发生。

亚纪在二十年前知道外星飞船拥有庞大质量的时候,就凭直觉意识到外星生命是拥有肉体的存在,外星飞船喷射出的气体里也检测出了表示碳基生命的元素。

"意识真的无法从肉体分离吗?"亚纪问。

"现在的人类是这样的,但精神活动本质上是就一种信息,肯定在什么地方藏有摆脱肉体束缚的突破口。"劳尔说。

意识的信息化是很容易就能实现的吗?

举个例子,蚂蚁在地面上利用信息素网络来构建最优化的运输路线,单个的蚂蚁会随机寻找食物,留下气味痕迹,气味痕迹会随时间的流逝而蒸发。蚂蚁经过量越大,道路上的气味痕迹就保留得越持久。气味痕迹最重的那条路,就是大多数蚂蚁选择的路。

如果这一系统充分发展,就可能生成一种"意识"。这一意识究竟存在于什么地方呢？蚂蚁上？信息素上？地面上？这只是很简单的一个例子，它表明要把意识解释清楚很难。

　　观测到的外星飞船的圆环被起了一个名字：居住环。

　　对迎击舰队来说，外星飞船的构造无疑是一个喜讯。如果外星人与地球生命类似，那么它们对生存环境的要求也会相当严格。只要将居住环的气密性破坏掉，就会对它们造成致命的打击。

　　两天后，外星飞船的图像更加清晰了。

　　居住环与中央船体由六根轮辐相连。中央船体被巨大的核脉冲引擎喷管遮挡，故而无法看清。但可以看到中央船体的三面有类似散热板的东西突出来。

　　居住环的上下直径约四十米，内部空间相当于三百架大型客机，与小型太空移民站相当。

　　探查如此广大的区域绝非易事，但这是外星生命仅存的一艘飞船，里面肯定挤得满满当当的。只要登上飞船，遇到外星人就只是时间问题。

3. 2041年7月25日

会合前三天。UNSS"法朗克斯号"将舰首对准了九天后水星即将抵达的位置,将推进引擎的功率开到最大。

外星飞船已经进入了金星轨道内侧,正在"法朗克斯号"后方三千万千米的地方以迅猛的速度追赶上来。

有人担心把核动力战舰的舰尾朝向外星飞船的行为是否恰当。不过,放射线本来就充满了整个宇宙,只要不处在极近的距离上就不会造成危害。至于加速方向,就像即将接到接力棒的短跑运动员需要提前起跑一样。掌握星际航行技术的种族一定可以理解人类这样做的意图。

"法朗克斯号"被自身喷出的物质所遮挡,无法进行有效观测,它使用的数据来自太阳系里所有的观测设施,但由于相距遥远,会有数分钟的时间迟滞。外星飞船仍旧是老样子,没有任何变化。

喷射三十小时之后,助推器与战舰分离。四台经过长时间工作的二级核动力引擎和巨大的燃料箱渐渐远去。

"法朗克斯号"自身的核动力引擎也已开到最大功率,喷射出的气体将助推器推到更远的地方。

"真是人类历史上最大的浪费啊……"副舰长伊戈尔注视着推进器,喃喃低语道。

对他来说,现在正是应当举杯庆贺的时候。

如果引擎发生故障,他就必须冒着遭到放射线辐射的危险前去修理。现在,相当于推进系统五分之四体积的助推器完成了使命,他生还的可能性就提高了许多。

然而,伊戈尔高兴不起来。他感觉自己仿佛失去了身体的五分之四。宇宙飞船什么时候才不用舍弃任何部分就能完成航行呢?

第二天,喷射气体的对面开始出现白色的光点。

用肉眼观看,光点似乎是静止的,但它实际上正在步步逼近。

无人探测器与母舰分离,以观察外星飞船的状况。

第三天,确定外星飞船距离自己十万千米之后,UNSS"法朗克斯号"做了一个一百八十度的转弯。

对伊戈尔来说,这个动作和分离助推器一样,是所有任务中最艰巨的。

全长一百三十米的巨型战舰掉头后,对准太阳系内四组舰队所在的位置的激光发射/接收装置、三十根高增益天线、五台大型望远镜,以及数百个传感器也一同改变了方向。

船尾朝向行进方向之后,两台主引擎开始喷射,使飞船的加速度与外星飞船同为$-0.01g$。

"远距离会合准备已结束。进行了数次微调,但对完成任务没有影响。"

"谢谢你,伊戈尔。能有现在的成果全是你的功劳。"亚纪说。

"我只是操作员罢了。"

"好吧,操作员先生,请向地球宣告这个历史性的瞬间吧。"

"我?"

"是的,用你那经过声乐训练的嗓音。"

伊戈尔将声音信号接入通信网,用洪亮的男中音宣告道:"UNSS'法朗克斯号'已经完成与外星飞船远程会合的准备,现在进入接触阶段!"

用于先期侦察的无人探测器是经过特殊改造的。

无人探测器是在至近距离上接近外星飞船的。为了避免对方误解，无人探测器的两根喷射嘴呈"V"字形排列。喷射嘴中间有一面边长五米的正方形高亮度屏幕，上面显示着人类希望传递给外星人的影像信息。

地外文明通信中心将最后的希望寄托在这次对话上。这次沟通尝试不像以往那样通过调制脉冲实现，而是直接通过影像表示，可以说实现了一次飞跃。沟通的最初障碍——它们无法解读传真信号的可能性——已成过去。

从性能上说，无人探测器的望远摄像机虽然没有法朗克斯号上的先进，但与外星飞船相距二十万千米之后，近距离的优势便抵消掉了这一缺点。

7月28日，上午十点。亚纪在睡舱中一面将无人探测器拍摄下的影像显示在窗口里，一面阅读联合国宇宙防卫军观测网的报告。无人探测器还需要几个小时才能抵达外星飞船，谁都不认为途中会出现什么问题。

突然，刺耳的嗡鸣声响起，电脑辅助系统的判断信息显现出来：

外星飞船出现异样。

亚纪立刻察看无人探测器发回的影像。

居住环中心的核脉冲引擎的光芒消失了。

先前一直被光芒遮盖的引擎头一次显露出来。与直径三百米的居住环相比，引擎开口部分的直径只有五十米左右。核脉冲引擎在其碗状反射镜的焦点上连续引爆超小型氢弹。

现在看到的应该是反射镜吧？碗状反射镜的外围分布着细小的荆刺一样的东西，那或许是触发氢弹爆聚的装置。

引擎的开口部分开始像瞳孔一样收缩。外围的大小没有变化，但虹膜一样的东西正朝内部成长。不一会儿，右侧的太阳光照来，反射镜立刻呈现出立体感。半球形的反射镜正在补完其缺失的另一半，形成一个完整的球体。

开口部分变成了一个小点，仿佛是变色龙的眼睛。

亚纪感觉那只眼睛仿佛正直直地看向自己，心中不禁一紧。

无人探测器从外星飞船正面稍偏的地方摄影，但变色龙的眼睛直视着无人探测器。

"那是——"

亚纪按下通话键的一刹那，影像消失了。

报警信息立刻显现：

无人探测器的所有通信频道全部失效。

侦测到高强度电磁辐射。

"分析各种信息——"

话音未落,电脑便提交了报告:

无人探测器似乎受到了外星飞船的攻击。

无人探测器所在的位置出现了火球。

电脑辅助系统重播了法朗克斯号的摄像机拍摄下的跟踪影像。首先是航行中的无人探测器爆炸的瞬间,由于电磁辐射,影像受到了干扰。等影像恢复之后,无人探测器已经变成了一个光球。简直就跟试射的核导弹爆炸一模一样。

亚纪又将影像重放了一遍。

无人探测器,干扰,火球,然后是外星飞船脉冲引擎的古怪模样。

"这怎么可能?"

"无人探测器的通信系统在五微秒的时间内一齐停止了,一点儿前兆都没有。"伊戈尔说。

"有没有可能是引擎爆炸造成的?"

"不可能。如果是那样的话,肯定会有传感器捕捉到温度、压力和中子的变化,但无人探测器的遥感信号一直正常。"

"毫无疑问,这是攻击。"劳尔说,"亚纪,振作点,赶紧向舰队报告。"

"好……好的。"

必须接受现实。亚纪立刻向整个舰队通报了最新消息。

"UNSS'法朗克斯号'快报,正在接近外星飞船的无人探测器在距离目标一万四千千米处遭到了攻击。外星飞船有可能将脉冲引擎转换为了脉冲武器。"

电脑上显示出了"外星飞船发生变化"的信息。

覆盖着外星飞船反射镜的穹顶慢慢打开。穹顶完全消失后,核脉冲引擎开始运转,然后便无法进行观察了。

"多亏派出了无人探测器先行侦察才捡回一条命。如果换作我们处在无人探测器的位置,估计已经没命了。"伊戈尔说。

本来从正面靠近外星飞船的路程最近,但由于会遭到引擎喷射物质的干扰,无人探测器被设计为从外星飞船的侧面靠近。

"那些家伙会攻击任何靠近它的物体吗?"劳尔说,"简直跟水星上的激光炮一样。"

"无人探测器正在减速,不但有无线电信号,而且还在不停地发射视觉信息,肯定不会同彗星或小行星混淆。请再次确认,它们是不是真的奉行'挡我者死'的策略呢?"亚纪问。

"如果我们要登上外星飞船,就只有使用'鲫鱼'^①了。"伊戈尔说。

"鲫鱼"是为了登上外星飞船而准备的登陆艇,可以进行远距离操作。

"等等,如果'鲫鱼'遭到攻击怎么办?"工程师艾达问,"最后会派法朗克斯号去接近吗?"

"如果'鲫鱼'遭到攻击,接触任务就只好中止了。"

"不会吧?"

"鲫鱼"遭到攻击后,舰队司令部肯定会断定对方在采取敌对行动吧。

但亚纪很想知道为什么无人探测器会遭到攻击。"鲫鱼"上没有信息屏,比无人探测器更容易被误认。

"还有别的什么方法吗?'法朗克斯号'不是也在发送友好信号么? 当然,现在还不可能得到什么回应。"艾达沉默了。

二十分钟后,他们接收到了来自地球的指示。

"先让'鲫鱼'在无人状态下接近外星飞船,如果再遭到攻

---

① 海洋鱼类,身体细长,近圆筒形,头和背部前端扁平,上有一椭圆形吸盘,常吸附于鲨鱼、鲸、海龟或船体上。

击,就放弃接触任务,立即离开。"

司令部原来是相同的想法啊。

现在是做出决断的时候了,用于接触的时间只剩一天。

"艾达、约瑟夫、劳尔,你们把登陆装备从'鲫鱼'上卸下来。或许在'鲫鱼'被摧毁后还可以找到安全接近外星飞船的方法。伊戈尔,抓紧编写程序。"

三十分钟后,UNSS"法朗克斯号"发射了无人登陆艇"鲫鱼"。

"鲫鱼"是直径四十米、全长十米的圆柱体,从外观上看,很像早期的太空望远镜。圆柱体的一头有向内开的舱口,此时正朝太空中敞开。舱口的周围看似蛇腹,与外星飞船对接的正是这个部位。"鲫鱼"的外部装有动力强劲的推进器,可以朝任意方向前进。可以说,"鲫鱼"就是一个安装有火箭引擎的气密舱。

"鲫鱼"的飞行线路与外星飞船的中间部位偏差了十度,前进过程中,"鲫鱼"还会不断地微调自己的航线。直线接近与迂回接近,这两种方案究竟哪种更容易引起对方的警觉呢?如果采取和无人探测器相同的接近方式,肯定会是同样的结局。

下午五点,亚纪在睡舱中注视着望远摄像机拍到的"鲫鱼"和外星飞船的影像。

"鲫鱼"靠近到距外星飞船一万四千千米的位置时,亚纪爆发出了小小的欢呼。不错,就这样继续进行下去。

一万两千千米,一万千米,九千千米。

这时,外星飞船的核脉冲引擎停止运行。反射镜上的穹顶开始打开。

"向'鲫鱼'发送返回指令!"伊戈尔说。

来得及么? 就算开足马力进行逆向喷射,也不可能立刻改变航向。

亚纪暗暗祈祷。

报警声嘶鸣。屏幕上的图像恢复后,亚纪发现,自己追寻一生的梦想破灭了。

屏幕上是一团白色的气体。

舰内通话频道里传来艾达的悲叹:"神啊,就让刚才的悲剧没有发生吧!"

4. 2041年7月29日

舰队司令部墙面的第一块屏幕上本应显示最为重要的信息,但这四个小时以来却一直显示着内行星带的天体与飞船的轨道图。

中间是太阳,椭圆形的是水星轨道。水星位于十点钟方向,地球在水星之外很远的地方,大概处在四点钟方向。

画面上,外星飞船的轨道朝向8月3日水星的位置——即九点方向——划出一条直线,外星飞船旁边就是与其并列航行的UNSS"法朗克斯号"。

第一迎击群的三艘战舰——UNSS"卢瑟福号"、UNSS"查德威克号"、UNSS"居里号"——靠在水星外侧待命。三艘战舰摆出了从外星飞船左后方切断其航路的架势。

外星飞船的速度相当快。虽说是迎击，但那其实就和路人突然跳到行驶中的汽车前无异。

外星飞船的攻击方法很像是将脉冲引擎的生成物以极精准的方式发射。核脉冲引擎以每秒三百次核爆的速度连续运转，引擎在运转过程中没有足够的间隙发射脉冲。

迎击舰队各拥有三枚核导弹和一张"蛛网"，并能将相对速度提升到每秒十四千米。可是，外星飞船脉冲炮的射程至少能达到一万四千千米，导弹在与外星飞船相遇前十六分钟就会被蒸发。

迎击什么的，根本就是天方夜谭吧。抑郁的气氛弥漫在指挥所里，甚至有人开始捶胸顿足。

"为什么刚才没有发现呢？我们是有希望获胜的！朝死角进攻。"一名参谋说，"外星飞船脉冲炮的炮首最多只能转动一百二十度。脉冲炮的侧后方是居住环，从那个方向接近就没问题了。"

"可是，如果外星飞船整体改变方向怎么办？"

"飞船为了给居住环制造离心力，正在不停地自转。由于陀螺效应[①]的影响，中轴不会轻易改变方向。"

---

① 旋转的物体有保持其旋转方向的惯性。

"那就同时从多个方向进攻——"

"对!"

作战方针在内部网络上一公布,相对独立的三个战舰编队就开始制定各自的作战计划。

为了同时从多方向展开进攻,有半数的武器必须提前发射。

UNSS"卢瑟福号"和UNSS"查德威克号"被下达了立刻发射核导弹和"蛛网"的命令。各种武器的导航系统里加载了暂定路线,最终调整会在武器飞行途中通过激光上传。

两艘战舰无条件地执行了指令。在完全没有船员参与的前提下,五枚核导弹和四张"蛛网"陆续发射。7月29日上午八点,战区中的物体从五个增加到十四个,司令部大厅里人声鼎沸。

"接触阶段结束了。UNSS'法朗克斯号',请立即离开战区。"

收到舰队司令部的命令后,亚纪顿感浑身无力。

自己最期待的可能性被无情的现实否定掉了。

对人类不管不问,自顾自地进行圆环建设,对人类的沟通请求不理不睬,将自己转换成燃料后的残酷减速。

考虑到建造者以前的所作所为,它们对任何靠近的物体毫不犹豫地加以摧毁的行为也并不是那么难以理解。可是,为什么大家都感到如此震惊呢?

必须与它们达成协议。亚纪打开了舰内通话频道："我们再考虑一下是否服从命令吧。待在战区里对我们有什么危害？"

"可能会被我方发射的武器误判为外星飞船吧。"约瑟夫说。

"不可能存在这样的问题。我们的飞船上有敌友识别信号，而且还可以做光学判断。"伊戈尔说，"就算识别信号遭到干扰，或者外星飞船突然改变外形，我们与它相距十万千米，在惯性诱导的作用下，导弹也不会打错。"

"外星飞船会不会大举反攻，把我们当作目标呢？我们的战舰体型庞大，而且处在战线最前端，或许会被误认为坐镇指挥的旗舰。"亚纪说。

外星飞船脉冲武器的射程未必就只有十万千米。

"它们应该相当残忍。"劳尔说，"当然，这都是我的直觉。"

对此，没有人提出异议。

"虽然可能与命令相悖，但我现在还不想结束接触。"亚纪说，"外星飞船如果被人类战舰击中负伤，法朗克斯号可以趁机上前救助。"

"但那会冒着遭受核污染的危险。"约瑟夫说。

"这要视程度而定。如果外星飞船受损，丧失了攻击能力，应该就可以展开救助。那时候袖手旁观的话，良心上一定会受谴责。"

"那就这么办吧,这是堂而皇之的理由。"伊戈尔说,"而且我们可以近距离观察战况。只要我们不给迎击舰队拖后腿,司令部应该不会反对的。"

"那么,为了观察战斗状况,并在适当时候对外星飞船实施救助,现决定让UNSS'法朗克斯号'继续朝会合点前进。我就这么对司令部报告吧。"

没有人反对,于是亚纪发送了报告。

7月29日,上午十一点。

第一迎击群已经发射了所有武器。

先行发射的武器从外星飞船外侧后方靠近,之后的武器从内侧后方靠近。UNSS"法朗克斯号"的望远摄像机还没有拍摄到武器的形状。导弹的表面覆盖着烧蚀材料和镜面,具有极高的隐蔽性,但在红外线下,导弹仍会显示为明亮的光点。这是无法避免的。

上午十点。导弹抵达距外星飞船十万千米的区域,再飞行三个小时就会击中目标。

外星飞船并无任何变化。原本还担心它会停止自转,以便于改变姿势,但目前看来还没有这样的兆头。

劳尔打开了舰内通话频道:"你在小睡么,舰长?"

"没有。"

"你一直都没有睡着?"

"没这回事。我会不时打打瞌睡,感觉很爽快。"

"那就好。你没有吃晚餐,我有点担心。"

亚纪忘了吃饭,于是按下屏幕上的操作面板,加热流食。

"不要担心。我很好,只是有点失望。"

"你比我想象的坚强得多。"

"我年纪比较大嘛。大家怎么样了?"

"艾达有点消沉,其他人还好。"

与外星人交流一直是艾达的梦想。在这点上,她跟亚纪不相上下。当年她可以说是挤破了头才加入接触小组的。

"本来满心期待能实现人类与外星人的首次接触,结果现在却只能观察战况。我简直想大醉一场。"亚纪说。

"没想到你这么感性。大醉一场也没关系,反正电脑辅助系统也可以做观察报告。"

奶油炖菜加热完毕,亚纪叼住吸嘴,吸了一口,"我还是不太理解——这样的暴君,怎么可能构筑星际文明呢?"

"或许正因为残暴,它们才能以摧枯拉朽之势构筑星际文明吧。"

"现在,它们来蹂躏太阳系了。"

7月30日，凌晨零点五十五分。

人类第一场宇宙战斗进入了最后阶段。导弹群从居住环的死角方向前进到距离它两万千米的地方。

"蛛网"已经全部展开，沿着目标将要抵达的位置直线飞行。

核导弹分裂出四个弹头，每个弹头随机地变动着方向接近目标，但在如此长的距离上，弹头的飞行路径却无法做出太大的改变，除非弹头数量减少且有更多的推进剂。

导弹发生爆炸，飞散出无数碎片，其作用相当于地球空战中的金属箔①，可以使核弹头更加难以被发现。

战斗信息屏幕中，外星飞船正被无数的飞行物包围，包围圈正在逐步缩小。

外星飞船仍旧没有停止自转的打算。

说不定，人类是宇宙中最为奸诈的种族，就连技术高度发达的外星文明也无法在这方面与人类匹敌。

但亚纪很快发现，这是一个愚蠢的想法。

外星飞船的核脉冲引擎停止了。接着，连接中央船体和居住环的轮辐消失了。

① 含有金属成分的一些金属片、箔片或玻璃纤维，切割成不同长度并具有不同的反射频率，以干扰雷达。这些材料通常由飞机进行空投，也可布置于炮弹或火箭上。

中央船体以极快的速度脱离居住环。反射镜中出现了穹顶,开始过渡到射击状态。

接下来,中央船体就能够自由射击,因为已经不存在死角了。激光炮在眨眼间就能将目标蒸发。

包围圈半径缩小到八千千米以下时,所有的武器都不再是固体,尽管仍在向前推进,但抵达外星飞船后,可能早已蒸发殆尽,不会对目标造成丝毫破坏。

中央船体像什么都不曾发生似的,回归到居住环中心位置。轮辐又一点点延伸出去。

"如果那是某种交流的话,它们传达的意思只有一个:人类是不值得对话的下等种族。"劳尔说,像是看穿了亚纪的心思似的,"我们首先破坏了圆环,然后派出了无人探测器和'鲫鱼',最后发起了全面进攻。面对地球人的这些行为,建造者的反应仅此而已。在它们看来,人类不过是蚊子一般的存在。不管蚊子多么讨厌,挥手驱散就是了。虽然人类动用了最强的战斗力,但它们只需要喷几下驱蚊剂我们就完蛋了。"

"不要太悲观,劳尔。"

"这是我做出的战略判断。建造者只在人类妨碍它们时才会作出反应。这不是什么交流,混蛋!"

5. 2041年7月30日

"我们想让UNSS'法朗克斯号'前进到距离外星飞船两万千米的地方,你能取得全体船员的同意吗?"

上午八点,舰队司令部发来这样的询问,收信人只有舰长一人,文字十分简洁,应该是让亚纪慎重处理此事的意思。

司令部制定的第二迎击群的攻击策略是,将几枚核弹头的部分燃料集中到某个弹头上,使其具备更强的机动性。它不会从死角接近外星飞船,而是选择速度最大化的轨道。

那些燃料不足的核弹头便成了"假弹头",会在被外星飞船的激光炮击中之前爆炸,散发出强烈的热、闪光和核辐射。

观测外星飞船举动的新程序被上传到UNSS"法朗克斯号"

上,它可以计算出脉冲炮的朝向,并将数据传给弹头。弹头的视觉性能很差,所以尽管法朗克斯号离得稍远,但观测精度却更高。

不过,法朗克斯号正好位于弹头的对面,信息传递如果发生一秒迟滞,就有可能导致方向错误,造成误伤。

但如果将法朗克斯号与外星飞船之间的距离缩短到两万千米又会怎么样?

"一会儿让撤退,一会儿又让靠近,我们还真是忙碌。"亚纪自言自语道。为了让自己指挥的这艘战舰与外星飞船会合,人类付出了莫大的成本,必须有效利用一切机会。亚纪觉得最好面对面地与全体船员商议一下,于是将所有人召集到公共区域,说明了现状。

"根据已经进行的观测,外星飞船的防卫线大概在一万五千千米之处。如果我们前进到距外星飞船两万千米的地方,将自身与导弹的位置调整到最佳,时间迟滞就会降低到0.1秒之下,观测精度也会提高,大家怎么看?"

所有人都保持沉默,似乎都在等待他人先行表态。最后,劳尔打破沉默道:"能保证在两万千米的距离上不被外星飞船攻击吗?"

"司令部没有做出任何保证。"

劳尔哼了一声,"我自己倒是有直面危险的心理准备。"

伊戈尔畏畏缩缩地说:"但这样一来,我们就不再是观察者,而是积极的战斗者了。建造者发现我们参战之后,很可能也会对我们发动攻击。"

外星飞船发射的脉冲炮可以在瞬间将弹头蒸发,就算是被脉冲擦身而过,其威力也不会减弱。法朗克斯号无法在脉冲来袭时做出灵敏的规避动作。

"舰队不是还有王牌武器——激光炮么?没必要在第二迎击群发动攻击时就冒牺牲的风险吧?"

"激光炮其实并不像宣传的那样靠得住。"亚纪说,"保卫水星和圆环的激光炮怎么会射击建造者的飞船呢?激光炮上肯定有敌我识别装置,我猜可能就是激光炮上的瞄准望远镜。不过,外星飞船原本是使用激光帆的,现在却变得面目全非,激光炮能否辨认出敌友还不一定。不管怎样,事实是,外星飞船仍在毫无畏惧地朝水星飞去。"

伊戈尔摸了摸额头沁出的汗珠,"你说的这些我从未想过。"

UNSS"汤姆森号"运送的激光炮被撤去了瞄准望远镜,全身覆盖着雷达波屏蔽膜。尽管如此,如果外星飞船做出反应,炮击也可能会立即停止,因为人类现在并未掌握激光炮的构造,就连诱发因子也是通过反复试验才找到的。

"当然,我所说的这些不能成为我们冒险配合第二迎击群的理由。你们可以自由表达意见。"亚纪说。

"我觉得这没有什么好商量的。"艾达说，"为了让这艘战舰进入太空，有多少人被饿死？既然和外星人对话被证明不过只是幻想，我们至少还是干点有意义的事吧。"

"你觉得接触任务是毫无意义的尝试？"

"从结果看是的。"

"之所以要尝试，就是因为尝试之前不知道结果是什么。我不觉得尝试本身有什么错。"

艾达陷入了沉默。

"剩下的人呢？"

没有人反对司令部的指示。

亚纪下令解散，并向舰队司令部发出了回复。

伊戈尔和艾达开始操纵战舰移动，劳尔则开始测试观测程序——将已有的外星飞船脉冲炮照片输入程序，然后测试程序是否能正确推算脉冲炮射击的方向。

UNSS"克鲁克斯号"、UNSS"爱因斯坦号"、UNSS"米利肯号"这三艘战舰早已发射导弹，预计明天击中目标。

得睡一会儿了，亚纪想。

可是，艾达所说的话却始终在亚纪耳畔萦绕。向电脑辅助系统求助后，得到的处方是加了安眠药的柠檬水。

喝下柠檬水之前,亚纪打开舰内通话频道呼叫劳尔。

"你累了吗?"亚纪问。

"精神着呢。我才三十六岁,正值壮年。"

"五十一岁的舰长想让你帮个忙。"

"什么忙?"

"去安慰一下艾达,她似乎相当消沉。"

劳尔沉默了一阵,问道:"安慰具体指什么?"

"比如到公共区域去喝喝酒之类的。你知道她对你的心意吧?"

"需要安慰的难道不是你吗?"劳尔说。

"你好像从昨天开始就一直在留意我,我真的表现得那么虚弱吗?"

"可能是我多虑了吧。"

"实话告诉你,我刚才正要喝安眠药睡觉呢。你不用担心我。"

"这就过分了——你自己去睡,却让我去安慰别人?"

"不好意思,那是因为——"

"我刚才一直都在担心你。明天会相当凶险,我们以后可能都没机会像今晚这样聊天了。"

如果这时候让劳尔来安慰自己,他肯定会来吧。

认识劳尔的十七年间，类似的对话发生过很多次，但每次亚纪都会故意冷漠以对。

与对方保持距离，这一行为本身就会传递出某种含义。她指挥的战舰正在靠近外星飞船，但她自己却始终抗拒着他人的靠近。

亚纪回想起了二十年前与马克告别时紧紧相拥的感觉，连忙摇了摇头。

现在做出亲密的行为并不合适。

"你也赶紧去休息吧。晚安。"

6. 2041年7月31日

上午五点十四分，第一道闪光出现在距外星飞船一万七千千米的地方。

外星飞船的脉冲炮朝那里瞄准。射击。火球。

屏幕上一片雪花。

UNSS"法朗克斯号"的通信用激光会给所有弹头传递信号，同时获取弹头传来的位置信息。

六枚假弹头被陆续击中，大量能量释放出来。随后脉冲炮停止运行，但十几秒后又开始继续连射。

战线推进到距外星飞船一万千米的地方。正规弹头只剩下六枚。

超大的火球炸开。核弹头被还未展开的"蛛网"缠住,发生了爆炸。"蛛网"被瞬间蒸发,化作巨大的等离子云。

四枚弹头趁机突进。

又一道闪光,接着又一道。爆炸的两枚都是"假弹"。

两枚正规弹头终于抵达了距外星飞船五千千米的地方,它们与外星飞船的相对速度达到了每秒十四千米。

只要再坚持六分钟,就能成功击中目标。

一枚正规弹头蒸发了。

还剩三千千米。

最后一枚正规弹头还有剩余燃料。它正以恐怖的加速度不停变化着路线,以此躲避脉冲炮的攻击。由于距离缩小,相对角速度上升,规避反而更加容易了。

可是,由于缺乏掩护,唯一存留的这枚弹头也在距外星飞船一千七百千米的地点蒸发了。

然后,"蛛网"的碎片也烟消云散。

外星飞船会将所有阻碍其前进的物体尽数摧毁。

再也没有屏障可言了,外星飞船的下一个攻击目标就是法朗克斯号。

亚纪大喊起来:"伊戈尔,全速撤离!"

"已经开始行动了。"

法朗克斯号不可能像导弹那样行动敏捷。

亚纪凝视着望远摄像机拍下的影像。如果脉冲炮朝这边射击的话，一切就都完了。

先前的迎击造成的气体模糊了视野。

一片朦胧中，脉冲炮的炮口开始转动。

果然要完了。不对，炮口的朝向并没有变动，那是——

"停止撤离！"

脉冲炮又变回了核脉冲引擎的模样。

外星飞船像是什么都没有发生似的，继续朝水星驶去。

"咱们好歹是活下来了。"亚纪说。

"好险啊。"伊戈尔说，"明天就要使用最后的王牌——激光炮了吧。如果能顺利激发就好了。"

"是啊。"

亚纪惊讶于自己回答得竟如此轻松。在与外星飞船会合之前，击败建造者的方法一直都是禁忌话题。

这时，劳尔的声音从舰内通话频道传来："我想做点尝试，请批准我使用通信激光。暂时不要问我为什么这么做。"

"通信激光还有剩余，但我还是想知道原因。"

"求你答应我，这是最后的机会了。"劳尔的声音中充满焦躁,这在以前很少出现。

类似的话亚纪也曾经说过。很多年前,将要离开守卫"岛"的激光炮时,自己也有想要尝试的事。

"好吧,我立刻给你通信许可。"

"感激之至!"

亚纪使用舰长权限打开系统管理窗口,重新设定了通信激光的使用权限。

不久后,亚纪发现,电脑辅助系统的内存区被劳尔执行的进程大量蚕食。

进程的名字是:纳塔莉亚。

上午七点。早饭时间到了,劳尔却没有在公共区域现身。

到场的三个人都睡意蒙眬。

亚纪从加热器中取出苹果派,分给大家。

"伊戈尔,请把盐拿来。"

亚纪接过盐水袋,将盐水洒在苹果派上。

"舰长,恕我直言,我实在无法理解你的这种饮食习惯。"伊戈尔说。

"我觉得苹果派太甜了。"

"加上盐的话,甜味难道就会减少吗?"

"不会,但味道会变得温和一些。你试试吧,约瑟夫和艾达也来试试。"

"好,我来尝尝。"说着,约瑟夫伸手去拿盐水袋。

"艾达,你怎么不动呢?"亚纪问道。

艾达看了看亚纪,不好意思似的把头侧到一旁。

"艾达,如果想吃我这份的话,咱们就交换吧。"

"不用了。"

"的确不错。盐放进去后别有一番风味呢。"约瑟夫称赞道。

"在日本,吃西瓜的时候也会加盐。有人吃甜瓜的时候也会放盐。"亚纪说。

"我还是算了吧。"艾达推辞道。

伊戈尔把装咖啡的容器叼在嘴里,打开窗户盖板。

视野大部分被遮光盾覆盖,但在边缘处有什么东西正在闪闪发光。

"太好了,已经可以看见水星轮廓了。怎么不是半月状的?"

所有人都挤到窗边。

一开始,只能看见灿烂的光点。伊戈尔调整窗户的减光量之后,轮廓便清晰起来。那是一个白热状态的半圆,赤道部分有灯丝状的"喷泉"。进一步滤光之后,地表深深浅浅的斑块也浮现出来。

载有激光炮的UNSS"汤姆森号"和"贝克雷尔号"应该就在附近五十万千米远的地方，但用肉眼是看不到的。

"地球情况如何?"亚纪问。

"没法看到，地球现在正藏在太阳的背面。"伊戈尔说。

对话戛然而止。

此刻，大家肯定都想看看两亿千米外的那个蓝白色光点吧，亚纪想。

"看来，我们只有返回地球这一条路了。"

没有人回答。

伊戈尔将装苹果派的容器塞进垃圾箱，用公事公办的口气说道:"晚饭后开始轨道脱离。如果被激光炮误伤，后果会相当严重。现在，跟水星轨道道别吧。"

艾达将脸埋在手中，幽幽地呜咽起来。

亚纪走到艾达身边，搂住她的肩，"我们已经尽全力了，咬牙坚持到最后一刻吧。"

"等等!"劳尔从睡舱朝这边游过来，"你们来看看这个。"

舱壁的屏幕上显示出激光通信系统的通信量示意图。

经过脉冲调制的数据在示意图上流动着。

"这是什么?"亚纪问。

"纳塔莉亚。"

"啊?"

"当年我并未放弃研究,一直没有放弃对纳塔莉亚的改良。我把地外文明通信中心研究室里的数据输入了本舰的电脑系统,进行了模拟——"

"说些能让我们听懂的东西,劳尔。"伊戈尔催促道。

"我在学生时代的时候,制作了名叫纳塔莉亚的A.I.。它虽然不能与人类对话,但却能做出某种有意义的行为。我以为实验失败了,于是中止了研究,但我保存了它的内部状态,还不时拿出来在别的系统上运行一下,加以改良。我昨天突然想到了这家伙。"

"为什么会突然想到它?"

"因为今天这场战斗。我本以为我们也会遭到攻击,但结果却没有,这其中的原因肯定存在于法朗克斯号自己身上。"

"这些都是你在战斗中想到的吗?"

"在昨天和今天的战斗中,建造者遭到了初次交手的敌人的密集攻击。它们似乎没有发现法朗克斯号也参与其中,但明明我们一直都在防卫线之外跟踪它。"

"等等,你先告诉我们,纳塔莉亚在跟谁通信?"

"建造者。"

"什么?"伊戈尔尖叫起来。艾达也瞪大了眼睛。

"我将纳塔莉亚的内部状态符号化之后发送给外星飞船,结果在同一波长上获得了回复。"

"建造者怎么说?"

"不知道。看不懂纳塔莉亚和建造者在交流什么。电脑辅助系统也解释不了。不管怎么样,它们总算同意交流了。建造者和纳塔莉亚之间肯定存在着什么共通之处。"

劳尔在屏幕上又打开了一个窗口。那是外星飞船的激光信号,用带状图表示。然后他将发送方和接收方的数据相互对比……

"相同的模式,符号化的文法也一样。说起来,亚纪——"

"嗯?"

"第一次来我房间的时候,你曾经威胁说要把纳塔莉亚的电源切断,还记得纳塔莉亚的反应吗?"

十七年前的记忆又清晰地浮现起来。

"你叫道:'住手! 它听不懂你的话。'"

"是啊。对它来说,没有敌我的概念。也不知道有人要夺走自己的性命。你觉得是不是很像?"

"和什么很像?"

"建造者啊。在刚才的战斗中,它们没有发现法朗克斯号也参与其中。"

亚纪倒吸一口冷气。

"建造者只是将所有靠近自己的物体摧毁而已。在它们看来，不论是导弹、'蛛网'，还是战舰，都与小行星和彗星一样。对它们来说，没有'他者'这一概念。"

它们是没有"心智理论"的存在吗？

"它们唯独对纳塔莉亚表现出了兴趣。但纳塔莉亚的内部状态就相当于它的脑结构图，突然展示给它们看，它们能理解吗？"

"不知道。但问题不是能不能理解，而是它们表现出了兴趣。既然它们并不存在'他者'的概念，那它们或许将纳塔莉亚看成了自己的一部分。是吧，亚纪——哦，不对，是舰长——建造者肯定在想，自己的一部分正在靠近，要不要攻击呢？"

亚纪的视线在船员脸上游走了一圈，船员们也都注视着她。

晚上八点脱离水星轨道，还有十二小时。如果同司令部交涉一下，或许还可以争取到更多的时间。

"大家说说自己的意见，去还是不去？"亚纪问。

"去。"伊戈尔说。

"我也去，我就是为这个来的。"艾达说。

"回答之前，我能问个问题吗？"约瑟夫说，"如果能靠近外星飞船的话，登陆的是舰长、劳尔和我吗？"

"是的。我们必须通过直接舰外活动登陆。"

"明白。我的任务是保护舰长和劳尔,我听从你的吩咐。"

"我选择去。"亚纪说。

"我要表态么? 当然是去啊。"劳尔说。

"好,就这么定了。大家分头行动!"亚纪宣布道。对她自己来说,下一步工作是说服司令部。

第四章　心心相对

1.　2041 年 7 月 31 日 15 时

出人意料的,舰队司令部爽快地答应了亚纪的请求,可能他们认为法朗克斯号就快失去利用价值了吧。于是"法朗克斯号"的轨道脱离时间从原来的二十点延长到二十三点。在这个时限内出发,刚好能逃离次日一点发射的激光炮的波及范围。

到达距外星飞船一万五千千米的地点时,亚纪不禁闭上了眼,但什么都没有发生。

一万千米。五千千米。一千千米。

通过激光沟通的两艘飞船，无声无息地缩短着彼此的距离。

UNSS"法朗克斯号"终于接近到距外星飞船左舷五百米的地点。

从侧面看去，外星飞船就像十字架一样。战舰放缓速度，在外星飞船的后方不远处停下来。这样做是为了躲避核脉冲引擎侧方泄露出的粒子。

居住环中心突起的反射镜就像巨大的圣杯。

反射镜外侧长满了尖刺，看上去就如同海胆一样。那是点燃燃料球的激光装置。

反射镜中央沙粒大小的燃料球被激光击中后就会发生爆聚，引发核聚变。构成燃料球的原子被加速到光速的0.7%，从直径一百米的反射镜开口部分喷射而出。这样的循环每秒要进行三百次。

如果能够知道反射镜的材质，人类的宇宙工程学将发生质的飞跃。然而，在引擎运转的过程中前去那里探查无异于自杀。

居住环与轮毂之间是六根轮辐。轮辐的直径不到两米，与飞船整体相比就像是丝线一样。

"没有气闸和舷窗之类的东西。"劳尔说。

"莫非它们不知道已经到达太阳系了？"

"如果我是设计者的话，也不会设计舷窗这种构造上有缺陷的东西。"

亚纪向"鲫鱼"上的声呐探测器发送命令。

十二个球体从"鲫鱼"外部的发射装置发射出去。

探测器喷射着气体,朝各自设定的目标飞去。

声呐探测器接触到外星飞船表面后,一面与其他探测器同步,一面发射超声波脉冲探测飞船的内部构造。测量值被传回母舰的电脑中,接受实时解析。

睡舱屏幕上开始显示出外星飞船的内部构造。

"这就是纳米技术的威力啊……"劳尔激动不已地说,"只有居住环中有空洞,其他部分都充满了液体或固体。"

居住环的横截面是直径约四十米的正圆。外壁是单调的灰色,只在个别地方有瘤子一样的突起。窗户自然是没有的,就连舱口和检查面板之类的东西也看不到。

凑到近前观察,轮辐与居住环的接合部分没有缝隙,就像树枝长在树干上一样平整、自然。

"纳米技术真正了不起的地方,就是这种设计技术。"劳尔说,"功能构件没有模块化,所有的一切都毫无间隙地连为一体,如同生物体一般。"

"要是能有供访问者使用的出入口就好了。"亚纪说,"如果没有,就算是撬也要撬出一道门进去。接触小组,到气闸集合!我们边做登陆准备边商讨对策。"

亚纪、劳尔、约瑟夫三人从睡舱中游出,穿上太空服。太空服内有0.6个标准大气压,没有必要事先吸入纯氧,排出体内氮气。

三人将自己睡舱的环境转移到各自的太空服里:数据与图像显示在头盔显示器上,通过视线、声音、舌控开关和手势等进行操作。显示器的一角是距离脱离轨道的时间——二十三点——的倒计时。

还有六小时二十七分。

"大家准备好了吗?"亚纪问。

"OK。"劳尔说。

"好了。"约瑟夫说。

三人经过气闸来到战舰外。

劳尔和约瑟夫的太空服上都装配有巨大的工具箱。

三人喷射着背包里的气体,离开"法朗克斯号"遮光盾的阴影,来到阳光中。头盔上的遮光板立刻启动滤光功能。

巨大的外星飞船横亘在前方,超出了头盔的视野。

"如果建造者能把'法朗克斯号'看作自己的一部分,那我们这些人在它们眼中又算什么呢?"

"不知道。不过,纳塔莉亚的初级视皮层中上传了摄像机拍摄的影像,其中包括我们的形象。希望它们能够理解吧。"

三人通过居住环的侧面。居住环旋转的圆周速度超过了每小时七十千米,他们当然不可能飞到那上面去。

船体中央部分逼近眼前。

"等等。"

约瑟夫来到前面,靠住轮辐根部,同轮辐一起旋转。四十三秒后,飞船旋转了一圈,约瑟夫用黏合胶带将绳索缠绕在轮辐上。绳索比鞋带还要细,约瑟夫腰间的小滚筒中就藏有三百米绳索。

亚纪与劳尔抓住约瑟夫的手臂,将绳索穿入各自的固定环中。

三人将轮辐作为立足点,不久后便感受到了离心力,绳索被拉紧了。在科里奥利力①的作用下,三人被轻轻地摁在轮辐上。

三人来到居住环顶部。虽然这里的重力只有0.3g,但却是离开地球以来首次感受到的重力。

尽管涂抹了灰浆一般的居住环表面有一定的摩擦力,亚纪

---

① 简称为科氏力,是对旋转体系中进行直线运动的质点由于惯性相对于旋转系产生直线运动的偏移的一种描述。

却感觉像要摔倒，只好四肢着地爬行前进。

突然，头盔内响起了乱哄哄的声音。

那是手腕上的拾音麦克收集到的外星飞船的声响。

亚纪想起了小学课外教学中做的游戏，将听诊器贴在树干上，就会听到这种声音。老师说这是树木吸收水分所发出的声音，亚纪当时竟然相信了这样的解释。

劳尔和约瑟夫将工具箱放下，用黏合胶带固定住。

从工具箱中取出简易气闸后打开。那是一个气密性极佳的圆顶帐篷，直径四米的底边通过硬化树脂与船壳相连。

树脂硬化之后，三人从帐篷里关闭了气密拉链。

帐篷内部充填了0.3个标准大气压的氮气，虽然不大，但好歹比真空强。

亚纪用救生锤轻敲了外星飞船外壁三次。

接着，她又加大力度敲了一下，但还是没有回应。

"没有人对敲击发出的声响做出反应。"亚纪说。

约瑟夫开始组装钻孔机，它看起来就像缩小版的原油采掘机械，直径两厘米的钻头上镶有钻石。钻头最长可以掘进十米。

"我们开始吧。"约瑟夫说。

"好。"亚纪表示同意。

钻头在船壳上打滑，根本进不去。

"船壳的材质比钻石还要坚硬。"约瑟夫说。

"没办法,只好将钻头换成等离子喷枪了。"亚纪说。

外星飞船里的智慧生命,如果看到了超高温的火焰从船外喷射进来,不知会做何感想。

现在三人做的事情,与其说是初次接触,不如说是实力探查。

等离子喷枪下钻到1.7米的时候,阻碍没有了。

"好像钻穿了。"约瑟夫说。

"比想象的要薄呢。"

保持内部密封状态的同时拔出钻头,插入感应器。感应器前端的摄像机拍摄到的影像被传送到所有人的头盔上。

钻孔侧面最初几厘米是某种洁白的物质,接着是发泡物质。泡沫越往内侧越大,可能是植物茎的断面。

摄像头渐渐抵达钻孔出口。摄像头贯通外壁后,画面一下子变成漆黑一片。来到广阔的空间中,摄像头上的微弱灯光立刻被吞没了。

约瑟夫报告了空气成分的分析结果。

"氮气42%,氧气56%,其他惰性气体2%。0.43个标准大气压。只要解决了气压问题,就能在内部的空气中顺畅呼吸。当然,生物隔离就是另一个问题了。"

"周围似乎没有外星人。从这里进入不是正好吗?"

"不错,咱们就从这里进去吧。"

将外星飞船外的气压调整与飞船内一致之后,他们用等离子喷枪挖掘隧道,不到一个小时便挖通了。

可能由于低重力的关系吧,切下来的圆柱极轻,只需要一只手就能拿动。

灯光照射下,下方数米处反射回一道强光。

蜂窝状的格子一个个紧密地排列在一起,蜂窝每格直径大概一米。

也可以把传感器伸进那里探测,但是……

没有时间了,还是赶紧进入飞船内部吧。

亚纪做出了这样的判断。

接下来可能会遇上许多新奇的事物,仅仅是这个居住环就有相当大的容积,必须尽快找到这艘飞船的主人,并与其沟通。

代表人类在外星飞船上迈出第一步的任务落在了亚纪头上。

亚纪将通信器固定在钻孔旁,从太空服腰间的绕线管上抽出光纤,接入通信器,这是考虑到外星飞船内部可能没有信号。通话声音、摄像机的影像、各种传感器的信息都被传回"法朗克斯号",经由互联网向全世界转播。

亚纪将绳索的一端绑在简易气闸的把手上,另一端捆在太空服上,她看了看另外两个人,他们都投来同意的眼神。

最后察看了一遍从"法朗克斯号"传来的影像。

外星飞船的没有其他动静。

"现在进入飞船内部。"亚纪面朝地球方向宣告,然后垂直降落。

"闻到了生鱼的臭味。"嗅觉传感器输出的合成声音说道。

亚纪降落到充满液体的蜂巢结构上。六角形的格子被透明薄膜覆盖,内部充满浑浊不堪的液体,底部沉淀着黄绿色的物体。

味道越来越浓烈了。

六边形格子的边缘竟然撑得住亚纪,说明它具有充分的强度。亚纪解开绳索,让给同伴使用。

三人都降落下来,默默打量着周围。

这里的氛围极像老式恐怖电影,战舰的电影库里就存有这样的影片。亚纪暗自祈祷,千万别有人选在这种时候吓她,但劳尔还是说出了口:"大家可千万不要随便去看脚下,说不定有东西会扑到脸上来!"

穹顶渐渐显露出曲面构造,布满纵横交错的栅格,宽度和密度各不相同,仿佛是皮肤上凸显的血管。

"越来越像是基格①的世界了。"

"请你不要提那部电影。"

"不好意思。"

"这里相当于居住区的阁楼，所以没有外星人的踪迹。"

"是啊，这里蜂巢状的水槽中装的要么就是它们的子孙，要么就是它们的食料。我们去找通往客厅的道路吧。"

三人开始绕圈行走。

正前方露出淡绿色的光芒。

那是蜂巢上打开的一个直径两米的洞，里面既没有梯子也没有斜坡，或许是通气洞吧。

"混合了马厩和枫糖浆的味道。"传感器的合成声音说。

"马厩到底是个啥味道？"劳尔表示不满。

站在洞穴边缘俯视下方，亚纪的身体不禁一震。

里面是一个道不出具体形状的立方体，如同复杂的分子模型，节点之间相距两三米，所有方向都蔓延着灰白色树干似的东西，大小相当于人体躯干。表面多孔，让人联想到珊瑚。

亚纪将锚栓固定在洞穴的边缘，系上绳索，悬垂下降，落在最近的"树干"上。

---

① 汉斯·鲁道夫·基格（Hans Rudolf Giger，1940－2014），瑞典画家、雕塑家和舞台设计师，由他担当视觉设计的电影《异形》曾获奥斯卡最佳视觉效果奖。

踩在上面,从摩擦力判断像是鲨鱼皮肤。幸亏他们穿的太空服已经过改良,旧式太空服膝盖以下的部分重得跟打了石膏似的,穿着根本没法在这种丛林般的环境中自由穿行。

亚纪再次观察了一下四周。"树干"构成的不等边形之外又是不等边形,它们层层嵌套,无穷无尽,达到了埃舍尔[①]版画一样的效果。

光源似乎充满了"树干"内部,每个地方都泛着淡绿色的光芒。由于树干质地均一,加上低重力环境的影响,身处其中的人很难辨别方向。

视野的一角有什么东西正在蠕动。

亚纪猛地朝那边看去,却什么都看不见了。亚纪重播了头盔摄像机的影像,发现可疑物体并没被拍下来。

"是不是有什么不对劲?"约瑟夫不耐烦地问道。

"抱歉。没问题,你们可以下来了。"亚纪说。

劳尔观察着周围的环境,"我能说说我的第一印象吗?"

"只要不是二十世纪的恐怖电影就行。"亚纪说。

"是艾萨克·阿西莫夫参与的一部正经电影。我觉得,这里是脑细胞网络,我们就在外星人的大脑里。"

[①] 莫里茨·利内利斯·埃舍尔(Maurits Cornelis Escher, 1898-1972),荷兰艺术家,以"迷惑的图画"著称于世。

"如果脑细胞的密度是这个样子的话,外星人大脑的运算速度应该相当迟钝。"

"看来咱们也不需要太着急。"

"说的也是。"

亚纪将光缆的新卷轴固定在脚下的"树干"上,把从简易气闸一直拉下来的光缆插入卷轴中心,然后抽出新光缆连接到太空服上。

"好吧,我们这是要往哪儿走?我们可是从穹顶上降下来的。"劳尔说。

"我想去底部看看。"亚纪说。

"那就这么干吧。"约瑟夫没有异议。

三人沿着"树干"朝下方移动。

"腐臭沼泽的气味越来越浓。"合成声音说。

"设计这个嗅觉传感器交互系统的家伙实在太可恶了。他肯定是艾伦·坡的忠实读者。"

劳尔之所以会不断发牢骚,或许是为了驱散恐惧的阴云吧。

不过,当决定性的瞬间到来时,他却显得异常平静。

"我们下去吧。"劳尔用轻描淡写的语气说道,"刚才我说错了。如果这里是大脑的话,神经轴突上是不会有巨大的眼镜蛇爬来爬去的。"

2. 2041年7月31日19点

几分钟内,全世界都会尖叫不已,说不定还会有人心脏病发作——与自己追寻了三十五年的外星人面对面时,亚纪心中闪过的却是这样的念头。

外星人体长超过四米。

抬起的上半身顶部膨胀成圆形,那应该就是头部。脸部被肉质皮肤覆盖,脸部周围布满白毛,毛发湿漉漉的,一直延伸到背部。

脸部中央附近有两个又大又圆的眼睛,让人忍不住想到眼镜猴。眼睑以十几秒一次的速度眨动着,脸上只有这两个开口,没有与鼻、嘴、耳类似的东西。

外星人没有脖子，头部轮廓看起来就像法老的面具，下部宽大，一直垂至肩膀。本来应该是脖子的部位薄了一半，的确与眼镜蛇有几分类似。

对方的两条手臂很细，但却有人类的腿那么长，中间的关节有两个，分别处在与人类的手肘和手腕相对应的位置上。外星人有四根手指，又长又细，其中一根与人类的拇指类似，长在与其他指头相对的位置上。它两臂夹胸，手肘弯曲，做出排球运动中的托球动作。

视线下移到胸部，能看到仿佛肩胛骨和锁骨的骨骼从皮肤下凸显出来。胸部中央是巨大的纵向裂缝，那里可能是口器，口器左右是鲨鱼腮模样的两条裂缝。

胸部以下的皮肤逐渐角质化，演变成一层层鳞片，一直绵延到腹部。

它的腹部与地面——"树干"的表面——紧密相连。背面如果没有覆盖毛皮的话，下半身与蛇差不多，厚度是宽度的三分之一，总体上看形状如舌。

它的身上没有衣服和饰物。

外星生物沿树干爬过来。

约瑟夫挡在亚纪身前，身手灵敏迅捷。他没有携带武器，接触小组中之所以要带一个擅长武术的人，就是为了应付这样的突发事件。

"不要表现出敌意，约瑟夫。"

"我知道。"

外星生物径直朝这边爬过来，但就在最近的节点上朝右转弯，爬到距离亚纪几米开外的树干上，若无其事地离开了。

亚纪正要追上前去，下方又出现了别的个体。除了毛色泛黄之外，大小、形态与刚开始看到的那头无异。

亚纪打开外部喇叭，将音量调到最低。

"你好——"亚纪突然伸出双臂呼唤道。

尽管外星生物的大眼睛明显看到了亚纪，但它还是若无其事地转了个圈，离亚纪而去。

劳尔说："我最想问的是，难道那会是智慧生物？这艘飞船的主人？"

"发达的头部和操作肢是智慧生命的特征。"亚纪说。

"可是，它们对我们视而不见，从这点看，它们应该和纳塔莉亚是同类吧。"

"自2006年起，它们对人类的漠然态度就从未改变过。"

现在，人类已经凿开船壳进来，但"法朗克斯号"上传来的报告仍旧是：外星飞船没有任何异动。

"如果那也是智慧生命，人类学教科书就应该改写了。"劳尔似笑非笑地说道，"我们的祖先从舒适的丛林来到干燥的大草原，如果人类没有迈出这决定性的一步，就肯定无法构筑先进的文明。可是，如果外星生物的居住环境同地球相似，那它们现在还处于树居生活的阶段呢。"

"可能外星人的母星上没有大草原。"亚纪说。

"有道理。而且我们必须抛开对浓密毛发的偏见。智慧生命没有必要非得舍弃皮毛、穿上衣服。它们不需要佩戴饰品，也不需要有性别之分。"

"我认为，智慧生命必定都是充满好奇心的。"约瑟夫说，"它们对我们毫不理睬的态度表明，这类生物与我们相去甚远。"

亚纪觉得此话不假。

不论怎么看，它们都像是有机体，各个部位的特征都与地球上的某种生物类似。根据空气的成分分析，它们的代谢器官也与地球生物类似。可是，倘若外星生物具有智能的话，那它们肯定和纳塔莉亚一样，是与人类大相径庭的存在。

"我们现在还可以用'建造者'来称呼它们吗？"劳尔询问道。

"只能暂且如此了。"亚纪说。

3. 2041年7月31日20点

居住环的最下层,一个个宽十米左右的沙丘前后相连,洼地中聚留着发黑的液体。

丛林在距离池塘几米的地方消失了,穹顶显露出平滑的弧线。

"没事的,它们不会发动群体进攻。"亚纪说。

"我倒是希望它们能来进攻一次。"

亚纪从穹顶最低的地方降落下去。

土壤质地致密,与硅藻土类似,上面留有浅浅的脚印。

池塘宽几米到十几米不等,但中心最深处仅有一米。

岸边卧躺四五个建造者,下半身浸在水里,造型颇似斯芬克斯。这里看起来挺像海豹的聚居地，但既没有嚎叫，也没有争斗和繁殖行为。拾音麦克偶尔能接收到一两声呜咽。

"我猜这里是它们的度假胜地，年长的夫妇可以在游泳池边睡一整天。"

"它们是夫妇？"

亚纪想分辨出雌雄，但卧躺的建造者看上去就像巨大的貂皮围巾，顶多只能分辨出它们有体长的区别。视野中最小的那个体长大概三米，或许是建造者的幼崽，但又缺乏孩童般的活泼劲儿。

偶尔有建造者从睡梦中醒来，抬起上半身，在岸边打个转，潜入池塘，身体上下蠕动，在水中行进一段距离，爬上对岸，然后将胴体的末端当作脚支撑起身体，转移到丛林中，消失不见。

劳尔将这个地点命名为"底层海滩"。

三人沿着居住环的曲面考察。

"这场丛林探险何时才能结束？"劳尔问。

"我们围着居住环转一圈吧，最多一千米。"亚纪说。

"我敢打赌，再怎么看下去也看不出新名堂来。"

"如果能证明这一点，那本身就是极大的收获。"

"但我们作为人类使者，却被它们完全无视掉，这样的屈辱还没有洗刷干净呢。迈克三号,我们现在遇到的建造者有多少头了?"

劳尔自己组装、装在背包里的辅助系统回答道:"总共一百三十一头。"

"迈克三号,照此密度计算,居住环中的建造者总共有多少头呢?"

"大概九百四十头。"

"这样啊。"

走了四十分钟后,自动测绘仪上的明线回到出发点,宣告他们已经绕着"底层空间"走完一圈。低头一看,近旁就是脚印和光缆。

"迈克三号,到现在为止,我们路过多少头建造者了?"

"八百四十七头。"

"大家谈谈吧,对这个全自动家畜养殖场怎么看?"

劳尔话音刚落,联合国宇宙防卫军司令部就发来了新的信息:"接触支援组建议你们接触一个建造者,进行超声波断层扫描。"

三人面面相觑,终于等到肉体接触的时间了。

4. 2041年7月31日21点

"嘿,爱丽丝,乖点!"劳尔说。他将近旁的四个建造者从左到右依次命名为爱丽丝、贝蒂、凯瑟琳和戴安。但现在还分辨不出这些生物的雌雄,也不知道它们是否具有性别。

爱丽丝是"底层海滩"上卧躺的建造者中具有平均体格的一头,它的特征是后背长着褐色的毛皮。

亚纪和约瑟夫在两旁警戒,劳尔将手持声呐贴到爱丽丝的后背上。爱丽丝偶尔动一下,但大多数时候都闭着眼睛安安静静地待在那里。

手持声呐中内置有加速传感器,可以确定空间位置。建造者的身体图像被逐渐拼凑出来,不久后,全身的立体透视图也完成了。

三人看着各自头盔显示屏上相同的画面讨论起来。

"它们和我们一样,背部有脊椎。这就是心脏啊。"劳尔说。

"两心房两心室。不过形状跟我们的不一样。"亚纪说。

"口腔后面的袋子就是胃吧,三个胃并排在一起。肺左右各一个。声带在什么地方?"

"气管也是左右两组,没有看到像是声带的东西。哎呀,这玩意儿是金属吗?"

胸部的脊椎上有一个长五厘米的棒状物,声呐显示那是与金属相当的物质。

低密度的筋络连接着棒状物的一端,一直延伸到脊椎里。

"这儿也有。"约瑟夫用光标指了指下半身,在相当于人类腰部和膝盖的位置,同样也探测出了棒状物。

"头部也有。"劳尔说。

"建造者的头盖骨大致呈球状,眼窝部分有开口,与脑相似的器官具有分区构造,但不像人类那样有左右之分。"亚纪说。

头部顶端的棒状体位于头盖骨与皮肤之间。

"如果我没有猜错,这玩意儿应该是连接神经组织的装置。"劳尔断定道,"它们要么遭到了监视,要么就被操控了,或者两种情况都有,所以才会选择一直保持沉默。"

"它们为什么会遭到这种对待?"亚纪问。

"可能是为了保证输送安全,也可能因为它们仅仅只是家畜,除了生存必需的功能以外,其他所有功能都被抑制了。"劳尔说。

莫非飞船上的管理系统掌控了一切?

亚纪神色严肃,"既然它们拥有强大的管理系统,怎么会允许我们轻易地侵入进来呢?"

"这正是建造者留给我们的最大谜题。我们现在登到架子上去吧?"劳尔说。

"它们的个体寿命有多长? 在茫茫太空中航行六百五十年,应该需要进行世代交替。照此推断,采用受精卵的形式运输难道不是更合理吗?"

"不必这样做,它们只需要保留基因信息就可以了。凭借它们的纳米技术,抵达目的地后什么东西不能合成啊?"

"有道理。"

那么,建造者为什么选择活体运输呢? 运输一群智能被抑制的生物,难道不是白白浪费粮食么?

"这只能说明一个问题:它们的存在对宇宙航行是必需的。"劳尔说。

"莫非它们不是这艘飞船的主人,而是真正主人的食物?"亚纪说。

"如果是这样的话，真正的主人又在哪里？这里的环境如此舒适，家畜养殖场的说法值得怀疑。"

"可能是不想给家畜太大的压力，这样肉吃起来味道会好些。"

"感觉它们挺像古希腊哲学家——在自由舒适的环境中沉思。"

这时，视野中突然闪现出警报：

节点00-01传输率正在下降

"怎么回事？有人踩到光缆了吗?"亚纪问。

节点00-01传送障碍

节点01传送中止

从最初收到警报到功能尽失，总共不过几秒钟时间。

"从简易气闸到穹顶之间的光缆被切断了。"劳尔说。

"什么原因?"亚纪问。

"不知道。光缆明明能承受四吨的负荷。"

亚纪的心脏狂跳起来。

"咱们走吧。"劳尔说。

"赶快!"亚纪说。

三人沿着自动测绘仪上的轨迹返回丛林,抵达穹顶的开口部分,并沿绳索攀上最上一层。

安装在洞穴边缘的光缆卷轴没有任何异常。

"还在前头吧。"

顺着光缆来到蜂巢区域,能看见一小摊灰水。

被切断的光缆的一端就在脚边。

亚纪看了看穹顶,等离子喷枪打开的洞穴不见了。

取而代之的是全新的灰色物质。

"伤口痊愈了吗?"劳尔嘶哑着说。

"接触小组呼叫'法朗克斯号',请回答。"约瑟夫用预备无线电呼叫机呼叫,但完全无法接通。

"我们这下要死在一块儿了。无线电无法接通,也没有等离子喷枪。我们从这儿出去的唯一方式就是让激光炮击中飞船,把我们炸出去。"劳尔说。

"我们返回'底层海滩'吧。"约瑟夫说,"我们求生的唯一方法就是与建造者进行沟通。"

"但那些生物具有意志吗?"

"只能暂且这么假设了。"说着,约瑟夫的目光立即转移到头盔显示屏上。

他肯定是在看倒计时吧,亚纪想。

5. 2041年7月31日22点

从一开始,UNSS"法朗克斯号"的影像监视系统就在拍摄外星飞船的外部状态。

光缆被切断后不久,粘在居住环内侧的简易气闸破裂,接触面也被灰色的船壳同化。气闸里的工具掉进飞船内部,容三人通过的小洞也被堵上了。

伊戈尔发现通信中断后,立刻打开紧急无线通信设备呼叫接触小组,但接收到的都是显示通信中断的错误信号。

伊戈尔向整个舰队发送信息:"简易气闸被外星飞船同化。耐纳米机器涂层失效。需要立刻商讨解救接触小组的方案。"

该怎么办?自己能做些什么?

就算与距离最近的第一舰队通信，来回也有五分钟的时间迟滞。虽然身处内行星带，但外星飞船每秒九十千米的速度使所有的飞船都很难靠近。

"艾达，立刻研究破坏居住环的手段。本舰没有备用的等离子喷枪吗？"

"我已经确认过，备用的等离子喷枪也被放进工具箱了。"

伊戈尔咒骂了自己一句。那个装备自己也检查过。简易气闸是外星飞船上的基地，在当时看来，将必要的预备物资都聚集在那里是理所当然的。

"还有别的能发出高热的装备吗？我第一个想到的是本舰引擎的等离子体。"

"如果使用等离子体，射线会让他们面临生命威胁，即使穿着太空服也没用。"艾达说，"而且外星飞船不停止转动的话，这一方案根本无法实施。"

通信激光似乎也不管用，那是为了传送信息而设计的，而不是切割船壳。

这时候就算是有塑胶炸弹也好啊，伊戈尔想。

科学委员会中有人认为，外星人就像懂魔法一样，可以看穿人类使用的任何武器，所以接触小组才只携带了格斗刀这样的防身用具。

最遗憾的是,劳尔此时不在"法朗克斯号"上。有他在,或许还可以通过纳塔莉亚向建造者发出指令。

总之,自己是什么也做不了了。劳尔从来都是在私底下研究纳塔莉亚,所有能够通过公共渠道获取的论文和文献中都没有关于纳塔莉亚的任何记载。

伊戈尔看了看表,"时间到了,走吧。"

"可以这样做吗?我觉得——"艾达说。

"我们只能离开。不过,如果外星飞船抗得住激光炮的攻击,我们一定要想办法回来。"

"好吧……"

伊戈尔启动了脱离程序。

NERVA Ⅲ 型引擎缓缓发动,UNSS"法朗克斯号"从外星飞船的航线上缓缓升起。

6. 2041年8月1日0点

"法朗克斯号"离开了——虽然在封闭的外星飞船中无法得知外界状况,但事实无疑就是如此。

大家没有哀叹,反而显得神色轻松。

距激光炮发射还有一个小时。只能趁这仅有的时间尽力而为了。

虽然他们也尝试过用拳头敲打爱丽丝的头,但它仍旧既没有做出防卫动作,也没有丝毫退缩。抚摸它的手、脸和胸,用各种声、光刺激它,它都没有任何反应。爱丽丝像是厌倦了人类对它的折腾似的,摇晃着进入水池,畅快地游动起来。

亚纪叹了口气,转身对劳尔说:"有没有什么头绪?"

"没有……迈克三号说，除了白噪音之外什么也没有。就算用量子计算机也解不开这样的难题啊。"

光谱分析仪显示，建造者的身体正在放射六十亿赫兹的准毫米波。

接收这些毫米波的装置也被发现了——它们头顶的树干上，嵌埋着菌丝一样的天线原件，既可以发送信息，也可以接收信息。电波像空气一样充斥着整个空间。圆环和水星上也曾检测到同样的电波，但过去三十五年都没能从中分析出有用的信息。

约瑟夫说："如果它们是飞船的主人，那这里也许就是它们建造的乌托邦。"

"我倒觉得恰恰相反。"亚纪说。

"只有创造力和探索智慧的能力并不意味着幸福吧。"

"如果真要过牧歌式的生活，那至少也应该有音乐啊。"

"但音乐也会导致不和谐。听说过莫扎特和萨列里①的故事吧？"约瑟夫不无讥讽地笑道，"或许，在达到文明的顶点之后，它们大彻大悟了——只有生存和繁殖本身才是真正的不可动摇的幸福。于是，它们落入了再也无法逃脱的陷阱之中。"

---

　　① 安东尼奥·萨列里（Antonio Salieri, 1750-1825），意大利作曲家，与莫扎特同时代的杰出音乐家。但在一个由来已久的传说中，他是一个才能不及莫扎特、妒忌心重的作曲家，是他下毒害死了莫扎特。

"然后为了创造新的伊甸园来到太阳系?"

"它们将所有的一切乃至星际移民这项浩大的工程都交给了自动机器,自己则只专注于生存和繁殖。"

"这一系统是不可能支撑它们穿越银河系的。"

"结局只能是失败。人类将对其发起致命一击。"

"这不是我想看到的。"

"但它们的存在本身就是有害的。不论它们的文明程度有多高,如果只顾自己享乐,不管他人死活,那就是宇宙公敌。"

"我觉得不能这么看——"

"你的看法有失偏颇。"约瑟夫说,"你一直都认为外星人本性是善良的,和外星人相会绝对是件了不起的大事。但是,人类第一次遇到的外星人就是建造者,这不会是纯属偶然吧?"

"偶然?"

"在银河系的一角就存在两种智慧种族,整个银河系中可能有数万个智慧种族。可是,人类第一次遇到的智慧生命就夺走了八亿条性命。如果外星人真的本性善良,怎么会以毁灭者的姿态公然出现在人类面前?"

亚纪满脸惊讶地看着约瑟夫:"你从来都是这么想的? 所以才愿意加入接触小组?"

"不。我既不是友好派,也不是怀疑派,但我心中的确存在疑虑,所以才想来寻找答案。"

"是吗……"亚纪深感羞愧。

自己可能真的犯了先入为主的错误。

或者说,作为第一个接触"岛"的人,第一个看到防御设施内部状况的人,她过分珍视自己的见解了。

劳尔来到亚纪这边,两手一摊,"亚纪,我失败了,没法解读信号。不过可以确定的是,它们不是家畜——信息量太大了。"

"信息量?"

"虽然无法解读信息,但我能估算出信息量的大小。爱丽丝发送信息的频带之宽,令人吃惊。如果它们是家畜,其行为被无线电信号所抑制,那这样的信息量也未免太大了。让家畜安静下来,只需要注射一针镇静剂就足够了,不需要这么麻烦。"

"这么说——"

"这些家伙就是这艘飞船的主人,至少它们是拥有智能的。问题是,这些信息要传送到什么地方去。"

"中枢在什么地方? 与纳塔莉亚对话的中枢。"

劳尔沉默片刻之后说道:"根据我的直觉判断,我们的大脑中并不存在意识中枢这样的东西。通信网络中也不存在中枢,纳塔莉亚的结构也是如此。如此复杂的系统,其整体是由密不可分的各部分合力构成的,信息可以扩散、浸透到系统的每一个角落。"

建造者的每个个体共同构成了一个整体。

安装在体内的通信装置是用于个体间交换信息的。

"它们这样结合起来的目的是什么？难道是为了构建一个自私自利、视其他文明如草芥的理想社会吗？"

"不知道。或许这是技术发展到极致后社会崩溃的失败案例。"

时间就要耗尽了。

亚纪走到建造者旁边，打开外部喇叭，再次尝试与它们沟通。

"过来，爱丽丝，还有贝蒂、凯瑟琳、戴安，丛林里更安全。"她微笑着伸出手，"来吧。"

四头建造者一动不动。

"刚才敲打了你们，抱歉。看样子，现在是告别的时候了。"

亚纪摸了摸爱丽丝脸部周围的毛发，轻轻摆了摆手，转身离开。

劳尔和约瑟夫在一旁静静地等待。

他们什么也没有说。

来到丛林尽头，三人用绳索将自己绑在合适的树干上。由于太空服是根据各人的体型定做的,能够抵抗相当大的冲击,甚至于300g的瞬间加速度。

当然,被激光炮击中后,他们不会有什么时间去感受疼痛。

"你们被我连累了。"亚纪说,"不过,你们当初也是自愿跟我来到这儿的吧。"

"对此我无怨无悔,艾达和伊戈尔羡慕我还来不及呢。我这会儿心情不错。"劳尔说。

"我也没什么遗憾的。"约瑟夫说,"出发前,我把给妻子的遗书交给副舰长了。"

"你想得真周到。"亚纪说。

"习惯了,毕竟当了这么久军人。"

"我也让迈克三号做好了准备——船舱破裂后,迈克三号就会将收集到的一切数据发送出去。"劳尔说。

"你真行。"亚纪说。

"我可不会随随便便就挂掉。不过,那还得看我们能否抗得住激光炮的攻击。"

"攻击马上就要开始了。"约瑟夫说。

"我们来生再会吧。"亚纪轻轻叹道。

三人结束通话,闭上了眼睛。

7. 2041年8月1日1点

UNSS"法朗克斯号"朝远离外星飞船的方向持续加速,好不容易才抵达安全范围之内。

伊戈尔看着轨道图,载有激光炮的UNSS"汤姆森号"位于外星飞船的左前方。

射程足够,即使再远一点应该也没有问题。

为了防范电磁脉冲的影响,UNSS"法朗克斯号"上的所有数据都做了备份。

伊戈尔监视着屏幕上眼花缭乱的舰载系统数据。

倒数计时器跳到了零。

0.5秒后,激光就会击中外星飞船。四秒钟后,信息就会传到这里。

伊戈尔身体僵直,一动不动地注视着屏幕。

一分钟过去了。

什么也没有发生。

五分钟过去了。从激光炮支援舰UNSS"贝克雷尔号"传来了消息:"激光炮没有启动,原因不明。现在进入第二阶段。"

艾达连忙询问:"这是怎么回事?"

"不知道,一直担心的事情终于发生了。外星飞船不知用什么方法将自己的身份信息传递给了激光炮,让激光炮识别出对方是自己人。"

"第二阶段是什么?"

"肯定是最高机密等级的计划。作为代理舰长,我连听都没有听说过。快看,有动静了!"

"贝克雷尔号"传来的望远摄像机影像中,UNSS"汤姆森号"的舰尾闪出耀眼的光芒。

舰首装载着巨大圆筒状激光炮的"汤姆森号"将所有引擎的功率调至最大。

现在,那艘战舰上空无一人。船员都转移到了"贝克雷尔号"上。

"莫非是想让'汤姆森号'撞毁外星飞船?"艾达问。

"但是速度不够啊，只是航线相交罢了。"

伊戈尔开始检查轨道图，未来位置已更新。五十四分钟后，"汤姆森号"与外星飞船的位置会完全重合。

可是，如果两船无法相撞，"汤姆森号"只会成为脉冲炮的靶子。

伊戈尔突然想到了"汤姆森号"这么做的目的。

倘若存在某种动机的话，就只能是这一点了。

"早在舰队从地球出发之前，司令部就考虑到了激光炮的第二种用途。"

"以防激光炮失效时使用？"

"激光炮的炮身可以承受发射高能激光的冲击，即使外星飞船的脉冲炮也难以破坏。"

"对啊，那是我们已经掌握的最强大的盾牌。"

"但只靠盾牌就能作战吗？"

外星飞船不会对挡在航路上的激光炮发射脉冲炮——司令部可能早就预料到了这一点。

外星飞船稍稍改变了路线。两船擦身而过，最近时仅隔三百千米。

在两者距离达到最近之前，"汤姆森号"分离出新的光点，并飞快加速，分裂成五个。与伊戈尔的预测一致，UNSS"汤姆森号"上果然也装备有核导弹。

外星飞船立刻启动脉冲炮。

脉冲炮完成发射准备后,四枚弹头已经从超过一百度的范围内全速逼近。

第一枚弹头蒸发了。另外三枚离外星飞船一百八十千米。

七秒后,又有一枚弹头在距外星飞船一百千米的地点蒸发。

八秒后,又有一枚蒸发。

仅剩的一个蓝白色光点,终于与外星飞船的圆环体重合。

画面顿时一片雪白。这之前两秒钟的影像我会一辈子牢记吧,伊戈尔想。困在外星飞船上的三名同伴的脸庞也在不知不觉间浮现在眼前。

8. 2041年8月1日2点

刚庆幸激光炮到底没能发射,闪光和冲击就同时袭来。

空气瞬间白热化,强劲的烈风从右面迅猛扑来。

绳索骤然绷紧,身体被狂风刮倒。

那一瞬,他们看到了二十米外深邃的宇宙。比地球轨道上强烈十倍的日照炙烤着裂开的船壳断面。

亚纪瞪大了眼,见证着正在发生的一切。

不知从何处飞来了无数纤维,像棉花糖一样堵住了伤口。从简易气闸那里打开洞穴的时候,虽然当时没有发生什么事,但飞船侦测到减压后,肯定也像这样立刻进行了自我修复。

风暴持续了近三分钟。

空气重新恢复透明,气压也开始迅速回升。

"约瑟夫、劳尔……你们还好吗?"亚纪问。

"嗯。我在你下方五米处。绳索被扯断了。"劳尔说。

"我没事。我们没有被核弹头击中吧? 辐射计量一点儿也没有变化。"约瑟夫说。

三人在"树干"的中间位置集合,互相检查太空服。

没有大故障。

"我们回'海滩'吧。必须去瞧瞧那些可怜的孩子。"亚纪说。

沙丘似的地形已被破坏得面目全非,水也蒸发殆尽。

有的建造者蜷成蛋糕卷的模样来回滚动。这是它们遭遇突发事件时采取的防御姿势吧。

有的建造者将身子拉得很长,腹部流出黑乎乎的液体,已经停止了呼吸。

缩成一团的建造者开始舒展身体。

亚纪认出了其中一头的毛色,连忙跑过去。

有着棕色毛皮的爱丽丝缓缓挺直身子,立起了上半身。

"爱丽丝,你没事吧?"

"嗯,我没事,白石亚纪。"

"啊?"

亚纪怀疑是自己的耳朵和听音麦克出了问题。

"刚才你说什么?"

"我说:'我没事,白石亚纪'。"

浑厚的女低音。

爱丽丝将身子抬得更高,头部举到与亚纪视线齐平的地方,乌黑的大眼睛上下转动着。

劳尔与约瑟夫缓缓走过来。

"刚才是这家伙在说话吗?"劳尔问。

"我想是的。"亚纪说。

别的建造者也立起身子,将视线朝亚纪他们投来。每双眼睛中都闪烁着好奇的光芒。

亚纪再次询问爱丽丝:"你怎么知道我的名字?"

"我想起来了。"

"这可不算回答。为什么你以前就知道我的名字?"

"以前你曾经对我说:'你好,纳塔莉亚,我是白石亚纪,感觉怎么样?'"

亚纪与劳尔对望了一眼,"怎么可能有这等怪事!"

劳尔恍然大悟道:"纳塔莉亚保存有最初的记忆。纳塔莉亚与这些家伙通过激光建立了连接。对这些家伙来说,纳塔莉亚就是自己的一部分。"

"可是，纳塔莉亚无法同人类沟通，为什么爱丽丝却能开口说话？而且是用英语！"

"你去问问它本人。"劳尔耸耸肩。

亚纪转身对着爱丽丝："告诉我，为什么一直无视我们的存在？为什么直到现在才与我们对话？你们来太阳系的目的是什么？你们的故乡发生了什么事？你们是怎么看待我们的？"

亚纪的问题像决堤的洪水一样一发不可收。

爱丽丝不慌不忙地答道："我一直都在收听你们的声音。你们试图通过各种方法同我们对话。你们的意思我们很快就明白了，影像和声音也都能理解。"

"你们使用了电脑？"劳尔询问道。

"我们的身体里就嵌有电脑，破解你们的信号相当简单。至于为什么一直无视你们，那是因为你们的信息只存在于我的意识周边，所以我根本就没有察觉。"

"没有察觉？你刚才还说听到了我们的声音啊。"

"知道和察觉是两码事。刚才飞船遭到近距离核弹袭击，大面积受损，我已被分割出来，丧失了共有的认知。我只能通过个别的感觉器官与他者进行意识沟通。"

"'分割'指的是个体间的通信网络被切断了吗？"

"是的。虽然并没有完全被切断，但通信频带已经变得极其狭窄。"

"个体互相连接的时候，就算有他者出现在你们面前，你们难道也不会察觉吗？"

"是的，正常情况下，我们无法意识到自然的产物。"

"自然的产物？"

"比方说你们这样的智慧生命，是在经过适者生存的进化法则筛选后出现的，即自然的产物。在我看来，适应性的智慧生命不过是自然界的一部分。"

"难道我们的宇宙战舰和导弹也是自然的产物？"

"是的，只要你们从属于自然界，与你们的意识相关的东西就只不过是自然的延伸。"

"难道纳塔莉亚不是自然的延伸么？那家伙是我制造出来的。"

"纳塔莉亚不完全是自然的产物，因为就连它的创造者——你——也无法理解它。纳塔莉亚不是你的思维的产物，而是偶然形成的。"

劳尔一脸通红。

长久以来，亚纪都认为人与自然的最大分别就在于有无智能。而智能生物中，又会以智能的高低区分为不同的等级。

"你与其他个体共享着意识，所以你们就不是自然的延伸？"

"大致可以这么理解。共享意识就意味着'他者'的概念已经泯灭。无法认识到他者就意味着无法适应自然界。而正因为我们脱离了自然，所以我们会永远地存在下去。"

"但在开始宇宙航行的时候，你们也还是自然的产物吧？照你的推理，就连植入你身体里的那些装置也是自然的延伸吧？"

"就像劳尔偶然制造了纳塔莉亚一样，我们也是偶然发展成这样的存在状态的。低级智能创造高级智能只能是偶然所致。"

"你们是什么都愿尝试啊？"劳尔问。

"是的。"

"你们构成的究竟是一个什么样的世界？"

"我们没有社会。我们只是存在，这就足够了。"

"你们为什么要来太阳系？"

"为了扩张自我。"

"那为了达到这个目的，你们打算干什么？具体怎么干？"

接着，爱丽丝若无其事地讲出了它们的恐怖计划。

它们将以圆环为起点，建造一个包围太阳的球壳状居住空间，然后在这个空间之上繁殖个体。

太阳系的行星将被转换为制造球壳的原料。

它们的母星系中，已经构造出了这样的球壳。它们无法再在那个球壳上扩张。

它们简直就像是要吞噬银河系的癌细胞。

"然后你们就这样将星系逐一摧毁？如果你们的选择是正确的,那银河不是迟早只剩下球壳吗?"亚纪问。

"你的问题很有趣。我们一直都在考察非线性星际繁殖模式,即将恒星的能量最大限度地转换到思考空间中,然后向更高等级的智慧生命跃迁。现在我们还无法预测这一模式是否可行,所以仍在尝试过程中。在获得答案之前,我们不会停止扩张的脚步。"

亚纪无言以对,劳尔接着问:"爱丽丝,你们是改变自我之后才开始扩张的吗?"

"是的。"

"你能给我们讲讲这一过程吗?"

"我们本想模仿自己的大脑,创造出思维更深邃的存在,但这一尝试以失败告终。只有大脑的某一部分能得到扩张,为了保证其具备正常的思维功能,大脑的其他部分以及肉体就是必要的。"

"大脑的其他部分和肉体为什么是必要的?"

"大脑是了促使身体迅速适应环境的控制装置,感觉的主体在于身体,没有身体就无法构筑感觉。"

"那又为什么要构筑感觉?"

"因为思考是建立在无数自身意识不到的感情基础上的。"

劳尔表情僵硬,只是做了个催促爱丽丝继续往下讲的动作。

爱丽丝似乎理解了这个动作的含义。

"后来,我们找到了将扩张后的大脑联为一体的技术,这样就能扩张自我,进行更深入的思考。"

"你们在思考什么呢?比如,你刚刚在思考什么?"亚纪问。

"我在思考自守函数和四色问题。"

这些都是高深的数论问题。

"你对这样的问题有什么样的感情呢?"

"支撑理性的感情是不能被意识到的。可是,我的感觉却是相当愉悦。"

"等等,我们传给你们的消息中应该没有包含与数论有关的内容啊。"

"纳塔莉亚知道。"劳尔呲嘴道。

与建造者相遇时,亚纪梦想与它们谈论文化和艺术,询问它们是否有诗歌、绘画,是否编故事、小说,是否喜欢喜剧和悲剧。

然后,亚纪想了解它们的种系发生史①、初期技术文明的状况,以及它们是怎么度过环境破坏和战争危机的。亚纪还想问

———————

① 一个种或类群的进化史,尤其注重研究各大类群生物的世系及亲缘关系。

问它们的宗教是如何诞生、人口老龄化是如何克服的,还有探索自然宇宙的历史。

可是现在,亚纪心潮澎湃,却一句话也说不出来。

亚纪不得不承认眼前的事实——与同样具备心灵的智慧生命相遇,并不是她所想象的那样,可以自由地交流知识,达成互信互助的契约。

亚纪好不容易才说出了那句必须讲出来的话:"我们能一起相处吗?"

"我们不会威胁你们的生存。既然我已经意识到你们的存在,就不会停留在这里。"

亚纪一面摇头,一边强忍着呜咽重复问道:"我是问你,我们能一起相处吗?"

"不要再问下去了。我只是在思考纳塔莉亚来历的过程中,偶然意识到你们的存在,但这一状况不会持久,因为我很快就会接回网络,那样我就会再次无视你们的存在,毫不犹豫地夺走太阳的光芒。"

亚纪感觉自己正被劳尔搀扶着。

"我有一件事想要问你。"爱丽丝说,"你口口声声说要和我们相处,但之前你却朝纳塔莉亚发过脾气,甚至威胁说要切断电源。"

"我还以为是什么呢？纳塔莉亚的记性可真好。"亚纪微微一笑，泪水滑下脸庞。

"我不理解你当时的行为。纳塔莉亚究竟什么地方惹你生气了？你的怒火是由圆环对人类造成的伤害所引发的吗？"

"是的。实际上，一个和我很亲的人因为圆环过世了。"

这时，爱丽丝表现出令人惊叹的推断力。

"马克·里德利？"

"你猜得真准。"

"我大致明白了。"

"是吗？那就好。"

亚纪的身体像铅一样重，尽管有劳尔的搀扶，她还是跪在了地上。

约瑟夫回过神来，询问了为什么激光炮没有发射的问题。

爱丽丝回答说，那是因为它们发射了人类无法观测到的识别信号。

亚纪恢复意识的时候，劳尔就在身边。

她的上半身微微抬起，躺在"底层海滩"的一角。

"醒了吗？刚好赶上了。好戏正要开场。"

对面的舱壁正在一点点变得透明。

亚纪爬起来，靠近窗户。

四十三秒旋转一周的宇宙中，闪烁着金光的光柱逼近眼前。

光柱之外是一个半月状的球体——水星。然后是物质投射器抛出的"喷泉"。

"这个窗户是——"

"——专门为你们准备的。"卧在水池中的爱丽丝说，"对你们来说，看得见的东西似乎具有更加重大的意义。"

光柱就像巨大的擂槌一样旋转着，越来越近，最终整个视野中都充满了金黄色。

"我的飞船稍稍有点资源不足，需要先在这里进行补充。"

物质投射器投射出的物质慢慢沉积在船壳上。窗户渐渐丧失了透明度，很快变成了原来的舱壁。

然后，别处舱壁的一部分开始膨胀为半球形，中央豁然张开一条火山口一样的裂缝。

火山口内部有一个双人房大小的球形空间。

"那是气闸。你们通过那里回去吧。"

"等等！我还不想走。我还有很多很多话想对你说。"

"会合的机会只有一次。"

"可是——"

"不要逼我赶你们。"

只有服从了。

三人进入球体内部。

入口收缩关闭的同时,减压开始了。

三人所处的空间内转瞬间便产生了不可思议的加速感。0.3g的重力消失了。

然后,出口打开了。

亚纪瞪大了眼睛。

星星从左到右走马灯似的旋转。

首先,新月形的水星出现了。

然后,出人意料的,UNSS"法朗克斯号"的舰首出现了。

圆柱形居住舱的气闸中漏出了光线。穿着太空服的人影正在招手。

艾达和伊戈尔的声音在头盔里响起,两人似乎都极其兴奋。

亚纪看着约瑟夫和劳尔,他们朝亚纪点点头。

三人喷射着背包里的气体,到了两艘飞船之间的狭窄空间里,然后抓住艾达伸出的手,进入气闸。在伊戈尔的帮助下,他们脱下太空服,然后紧紧相拥。

亚纪走进公共区域,闻着弥漫在那里的熟悉气味,忍不住发出感叹:"果然还是家里最好啊!"

外星飞船很快离开了。然后，内行星带的大扫除开始了。

水星上的投射活动全部停止。圆环分裂成无数的正六边形，像卷入旋风中的落叶一样聚集在一起，与外星飞船合为一体。

离开黄道面的外星飞船树起巨大的光帆，渐渐提速。

它们的下一个目的地又会是哪里？虽然选择有很多，但可能性最大的是印第安座ε星。照现在的速度，到达目的地时使用光帆就可以停下来吧。

可是，它们需要至少一万年的时间才能抵达。

那要经过多少次世代交替呢？

上一代在死亡之前，会将意识传递给下一代吗？

建造者对人类抱有怎样的感情？

不论怎么追问，亚纪都没有得到答案。

与纳塔莉亚之间的通信在相距两个天文单位的地点中断了。可能因为它们已经厌倦时间迟滞了吧。"法朗克斯号"上的舰载辅助系统被纳塔莉亚膨胀了数十倍的思索活动所占据，通信中断后，这种情况却没有丝毫改变，辅助系统仍然不能与人类对话。

舰队司令部反复叮嘱，不论会给航行中的生活带来多大的不便，都不要干扰纳塔莉亚的活动。

劳尔自然表示支持，就连亚纪也没有反对。可以说，纳塔莉亚是建造者留在太阳系中唯一的分身，而且还是亚纪十七年前就结识的故交。

亚纪将脸靠近舷窗，凝视着在太阳风中摇曳着远去的光帆。

合为一体、对他者毫不关心的智慧生命究竟会有怎样的未来呢？

人类也同样是智慧生命，经历了残酷的自然淘汰而延续至今，那建造者的今天会不会就是人类的明天呢？

人类会选择别的道路吗？

亚纪突然发现自己此刻无比期待能够返回地球。

亚纪隐约觉得似乎得出了答案。很快，这样的感觉上升为无比坚定的信念。

她还要去做一件事。

她要用自己的语言，而不是飞船记录的数据，将与外星生命接触过程中的所感所想传播开来，使其一代代流传下去。

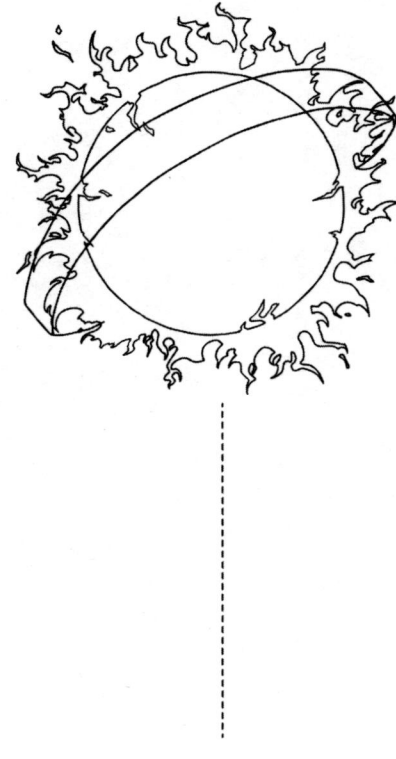

尾

声

他感到自己的脸庞被光线刺得生疼，于是睁开了眼。

最初看见的是黄绿色的、羊水一样的东西。那是柔和的光芒。

一种奇妙的感觉遍布全身，仿佛自己正身处梦境之中，各种光怪陆离的景象一道涌现。

意识稍稍清醒一点后，他发现自己正在无遮无蔽的宇宙空间中浮游。

天空中有一道强烈的光源，灼人的光线就来自那里。光线略带红色，虽然光源就在中天，却感觉有如夕阳。

他知道，自己来到了印第安座ε星，正置身在公转半径五千四百万千米的行星轨道上。

但是，他搞不懂自己为什么会知道这些。

为什么自己会在这里？

难道当时自己在圆环上被纤维包裹起来之后没有解体吗？

他刚产生疑问，自己的内部就返回了答案。

圆环物质将自己解体的身体作为信息保存了下来，并加以回收、再生。

他意识到眼中燃烧着熊熊怒火、手指按着某个开关的白石亚纪的脸庞。

然后是气密头盔中泪流满面、已显老态的亚纪。

自己之所以会被再生，是为了补偿亚纪吧。

可是，既然要补偿，为什么不把亚纪也一道带来呢？

他自己内部的一个声音回答说：因为这已经足够。

亚纪自己曾说过，对她而言，马克·里德利虽死犹生。

从"?"到"!"

文 /【日】谷川流

就我个人来说，并不关心《太阳篡夺者》这部小说属于何种类型或得到了什么评价，只是单纯地喜欢自己的既有认知被小说一举颠覆的痛快感。简而言之，《太阳篡夺者》是一部让人"惊讶"的小说。

类似的小说还有罗伯特·索耶的《星丛》。人类所处空间中出现了一批被称为"捷径"的通道，通过这种类似虫洞的通道，人类实现了超空间跃迁，但这些通道明显不是天然形成的，它们的建造者是谁？目的何在？小说一步步解谜，并最终阐释了人类在宇宙中存在的意义。

　　《太阳篡夺者》和《星丛》这类科幻小说的共通点是：以奇特的想象开始，以更加奇特的想象结束，明知是虚构，却总觉得具有不可辩驳的说服力。了解真相后，不可思议的事件褪去神秘色彩，读者对现实的旧认知解体崩溃，新认知迅速建立起来。这种观念上的更迭会让读者情不自禁地高呼："原来如此啊！"——这就是我所说的"惊讶"的感觉。

　　《太阳篡夺者》一开始便向读者呈现了一种不可思议的奇特现象。随着故事的推进，现象的本质逐渐暴露，但这并没有平息读者的好奇，因为新的谜题又浮现出来，解谜的过程再次开始——如此反复，环环相扣。

　　其实，这部小说在杂志连载时，我按捺住高度的期待感，没有忙着去看。等到单行本出版那天，我才骑着自行车，猛蹬到书店买回家一口气读完。这次阅读体验我至今难忘，毫不夸张地说，我精神的一部分已经与这本书交融在一起。

　　相信读过《太阳篡夺者》的人都会赞同，小说开头给人的感觉是一个巨大的"WHAT"——与人类命运息息相关的天文异象到底是什么人基于什么目的制造的？

　　故事发展到接近三分之一时，我已经被小说所描述的宏大构想深深震撼。而得知外星飞船在圆环被破坏的情况下如何（HOW）减速之后，我的震撼升级为恐惧。

我被作者扎实的科学知识和高超的叙事技巧所折服,心甘情愿地跟随故事的脉络走下去。

紧接着我便产生了另一个疑问:为什么(WHY)外星人会不择手段地停留在太阳系? 这个问题在故事结尾才给出答案,而在谜底揭晓的那一刻,我觉得自己的时间感和空间感都提升到更高的层次,精神上得到了莫大的振奋和满足。这可以说是本书作为科幻小说最重要的特征与功能。

此外,值得一提的还有主人公白石亚纪的精神状态。发现水星异常之后,亚纪花费十五年的时间学习、训练,终于成为UNSS"法朗克斯号"的船员。我深信,刺激亚纪不懈奋斗的求知欲,恰恰是人类得以进步的动力所在。

先有疑惑,然后去解答疑惑,不论答案是什么,都要一直追寻下去,这种对知识的渴望难道不是人类最宝贵的品质么? 我不得不对亚纪的执着精神和行动力脱帽致敬。

我嫉妒那些还没有阅读《太阳篡夺者》的人,因为他们可以从未知状态开始欣赏这部高质量的小说,而那将会是一趟令人惊奇的愉悦旅程。

(谷川流,日本轻小说作家,科幻作家,"凉宫春日"系列小说作者)